LA MUJER QUE MANDA EN CASA

Tirso de Molina

JEZABEL
NABOT
RAQUEL
ABDÍAS
JEHÚ
JOSEPHO
ACAB
ELÍAS
CRISELIA
PAJE
Un ÁNGEL
DORBÁN, pastor
ZABULÓN, pastor
CORIOLÍM, pastor
LISARINA, pastora
Dos SOLDADOS
Dos CIUDADANOS

ACTO PRIMERO

Música de todos géneros y por una parte suben al tablado (habiendo venido a caballo al son de un clarín) en hábito de caza, JEZABEL, RAQUEL, CRISELIA y cazadores, con perros, ballestas y venablos. Por la otra parte al mismo tiempo suben también (al son de cajas y trompetas) soldados marchando, y entre ellos NABOTG, ABDÍAS y JEHÚ; detrás de todos, a lo hebreo con corona y bastón, el Rey ACAB. Tocan chirimías y en estando todos arriba llega ACAB a JEZABEL y dice:

ACAB   Por más que inmortalice,
eterna en sus murallas
Babilonia, a Semíramis su Reina
y su fama felice,
diosa de las batallas;
lauros la ciña cuando Ofires peina,
pues sin cuidar prendellos,
causando al Asia espantos
y ocasionando simulacros tantos,
opuesta al sol, enarboló cabellos;
su fama en vos admiro,
luz de Sidón, Semíramis de Tiro.
   Guerra es también la caza,
estratagemas tiene,
inventa ardides y emboscadas pone;
vos de la misma traza
(cuando en triunfo solene
mis sienes manda Marte que corone
del árbol fugitivo,
al dios planeta esquivo)
porque Moab postrado,
sujeto a vuestro Acab, parias le ha dado,
divino cazadora,
triunfos de fieras blasonéis, Aurora.
   Envidia tengo al ave
que ejecutando vuela
(rayo veloz de pluma) altanerías;
si lo que goza sabe

no ha menester pigüelas
que en las alas repriman osadías;
en cárcel generosa
alcándara es hermosa
de cristal transparente
vuestra mano: si en ella favor siente
que mi fortuna pueda hacer dichosa,
la garza que hay más bella
renunciará por no apartarse della.
    Provincia es tributaria
Moab (por mí abatida)
de Israel, porque en dichas trueque quejas;
su rey pecha a Samaria,
en cambio de su vida,
cada año para vos cien mil ovejas:
vellocinos de plata
daros en ellas trata,
que se blasonen dignos
como el de Colcos, ser del cielo signos
y el múrice convierta en escarlata,
porque Jezabel pueda
anteponer la púrpura a la seda.
    Cargados mil camellos
de marfil y oro puro,
espolios son que os sirvan de tesoro,
con que alcázares bellos
os labre (que procuro
palacios de marfil a deidad de oro).
Hónrenlos vuestros ojos
y mezclando despojos
de la caza y la guerra,
yo valles conquistando, vos la sierra,
vencedores los dos: lloren enojos
enemigos agravios,
mientras este cristal sellan mis labios.

Bésale una mano

JEZABEL   Ni la mano, Rey, me pidas,
          ni vitorioso blasones
          conquistas de otras naciones
          a tus banderas rendidas,
          mientras en tu reino olvidas
          tu desacato y mis penas;
          que en balde triunfos ordenas
          cuando haces de hazañas copia,
          rebelde tu nación propia
          y obedientes las ajenas.
             Mano que el cetro interesa
          (por tu causa) de Israel,
          y menospreciada en él
          tu reino todo no besa,
          no es digna que en tal empresa
          lisonjas tuyas admita:
          sírvate el pueblo moabita,
          y rebelde tu nación
          desprecie mi religión,
          si es bien que tal se permita.
             Hija soy del rey sidonio,
          por tu esposa me eligió,
          presumí contigo yo
          dar de mi amor testimonio;
          coyundas del matrimonio
          enlazan, tal vez ardientes,
          dos corazones; no intentes
          mostrar de tu amor extremos
          porque mal nos uniremos
          los dos en ley diferentes.
             Baal es mi dios, Baal
          satisface mis deseos;
          dioses de los amorreos
          tienen poder inmortal;
          soberbio, no admite igual
          el que en desprecio de Apolo
          dice que de polo a polo,
          autor de la noche y día,
          gobierna sin compañía
          y dios se intitula solo.

Ese verdugo de Egipto
que, cruel, tantos ha muerto;
ése que por un desierto
llevó número infinito
de hebreos y sin delito
cuarenta años desterrados
por venïales pecados
(criminal siempre con ellos,
cuchillo para sus cuellos)
fueron siempre castigados.
   Por adorar a un becerro
dio muerte a una inmensidad.
¿Será de Dios tal crueldad,
tal castigo por tal yerro?
¿Para qué tanto destierro,
si darles luego podía
la tierra que prometía?
¿Para qué de Egipto huyendo,
si no fue porque temiendo
sus dioses, los perseguía?
   Profeta falso, Moisén,
ocasionó tantos daños:
como brutos cuarenta años
entre páramos se ven.
Labróle en Jerusalén
templo después Salomón,
mas como su religión
juzgó por cosa de risa,
los dioses de la etiopisa
mudaron su adoración.
   Las tres partes de la tierra
veneran (sino unos pocos
hebreos, ciegos y locos)
los dioses que el cielo encierra.
¿Diremos que el mundo yerra
y ellos solos acertaron?
Sabios que a Grecia ilustraron,
filósofos que nos dieron
las ciencias ¿todos mintieron?
¿todos, en fin, se engañaron?

¿Qué ceguedad, Rey, es ésta?
No dije bien, que no es rey
quien, defensor de su ley,
los blasfemos no molesta.
Ten por cosa manifiesta
que entretanto que a Baal
con aplauso general
no reverencie Israel,
no has de hallar en Jezabel
agrado a tu amor igual.

Llora

ACAB   Antes que el sol de tu cara
(hechizo del alma mía)
eclipse la luz al día
que mis tinieblas repara,
llore el mundo en noche avara
obscuridades eternas;
enjugue lágrimas tiernas
que el alba envidie al llorarlas,
que es lástima malograrlas
cuando mis dichas gobiernas.
    Adore Jerusalén
su dios en su templo de oro
que yo a Jezabel adoro
y al sacro Baal también.
Cuantos en mi reino estén
reverencien a Baal
por deidad universal,
pues Jezabel se le humilla;
quien no le hinque la rodilla
tenga pena capital.
    De pórfido y jaspe hermoso
le labre templo sutil,
    de alabastro y marfil,
del metal más generoso,
y a su culto religioso
consagre profetas tantos

que causen a Judá espantos
y a mi inclinación empleos;
dioses de los amorreos
ilustren altares santos,
    bosques a sus sacrificios
plante en sus montes Samaria;
quien fuere de ley contraria
prevenga sus precipicios,
mi amor ha de dar indicios
de que soy amante fiel.
La corona de Israel
tiene en mi esposa su esfera;
quien no obedeciere, muera,
a mi hermosa Jezabel.

Vase

JEZABEL   La jurisdición acepta
mi fe, que el Rey me concede:
del Dios de Sïón no quede
con vida ningún profeta;
quien a Baal se sujeta
venga a medrar su privanza;
el que me diere venganza
de cuantos siguen a Elías,
espere en promesas mías
y logrará su esperanza.
    Aras a Baal levanten
cuantos en Samaria están;
seguiré de Jeroboán
cultos que a la fama espanten;
en selvas y bosques canten
himnos a la adoración
de los dioses de Sidón
y con festivos empleos
a cuantos los amorreos
consagran su adoración.
    De mi mesa han de comer
sus sacerdotes manjares

dignos de quien sirve altares
que frecuenten mi poder.
Verá el mundo (aunque mujer)
mi gobierno en breves días;
honrad las deidades mías,
dejad leyes imperfetas.
¡Mueran los ciegos profetas
que siguen al falso Elías!
    Por cada cabeza ofrezco,
que sirva al Dios de Abrahán,
hacerle mi capitán;
beber su sangre apetezco.
Si gobernaros merezco,
hijos nobles de Israel,
servid a Baal, que en él
todo nuestro bien estriba.
Decid ¡viva Baal!

TODOS   ¡Viva!
JEZABEL   ¿Quién más?
TODOS   ¡Viva Jezabel!

Vanse con el aparato que entraron. Quédanse RAQUEL y NABOT

NABOT   ¿Podrá darte los brazos
quien, tras la ausencia que dilata plazos,
el premio de esta guerra
cifra en la vista que el pesar destierra
(hermosa Raquel mía),
que el alma sin tus ojos padecía?
RAQUEL   Podrás (esposo caro)
con ellos a mis ansias dar reparo,
que en su círculo espera
ser centro el alma de tan dulce esfera.
¿Cómo en Moab te ha ido?
¡Qué asustada en sus riesgos me has tenido!
Despierta te lloraba,
dormida mi recelo te soñaba
lastimosos despojos
de la Parca fatal; todo era enojos

todo es ya regocijo.
    ¡Qué gloria causa el bien tras mal prolijo!
NABOT   Peligros tu memoria
    atropelló, cantando la vitoria.
    Postró al fiero moabita
    Acab blasfemo, que la gloria quita
    al Dios único y santo,
    ingrato a tanta dicha, a triunfo tanto.
RAQUEL   Tiénele loco y ciego,
    rendido el amoroso y torpe fuego
    de esta mujer lasciva,
    que, idólatra, le postra y le cautiva.
NABOT   Si ella el gobierno goza
    de las tribus hebreas y destroza
    leales, ya la igualo
    a Pasifé.
RAQUEL   Será Sardanapalo
    rey que no se aconseja,
    y afeminado su gobierno deja
    a mujer enemiga
    de la piadosa ley.
NABOT   Dios nos castiga.
RAQUEL   ¿Qué será, Nabot mió,
    la causa que con tanto desvarío
    Jezabel arrogante
    persiga a nuestro Dios, aras levante
    al ídolo sidonio
    y a tanto simulacro de demonio?
    Discreta es y no ignora
    que quien al verdadero Dios adora
    peligros asegura,
    gozando en paz riquezas y hermosura.
    Bien sabe los castigos
    con que se venga de sus enemigos,
    desde el sepulcro egipcio
    (el mar Bermejo digo), precipicio
    de tantos guerreadores
    (abriéndose a Israel jardín de flores
    por las doce carreras
    más frescas que esmaltaron primaveras)

hasta Roboán, que necio
por hacer de sus tribus menosprecio,
perdió en los reinos doce
los diez y medio; si esto, pues, se conoce
¿cómo se precipita
y la debida adoración nos quita?

NABOT   No es solamente tema
          la que enloquece a Jezabel blasfema,
          sino la licenciosa
          ley de Baal, al orbe escandalosa.
          Permite (esposa mía)
          de aquel ídolo vil la idolatría,
          que después que la plebe
          toda a su templo sacrificios lleve
          y entre incendios infaustos
          le aplauda en libaciones y holocaustos
          en el bosque (que junto
          del infierno en tinieblas es trasunto),
          cuando el planeta hermoso
          ausente a los trabajos da reposo,
          con lasciva licencia
          se mezcle el apetito y la insolencia
          de todos, de tal modo
          que privilegie el vicio sexo todo;
          allí con lo primero
          que encuentra, desde el noble al jornalero,
          como si fuera bruto,
          paga al deleite escandaloso fruto;
          allí tal vez la dama
          de ilustre sangre y generosa fama
          con el plebeyo pobre
          (mezcla de plata y abatido cobre)
          porque Venus instiga
          bate moneda amor, de infame liga.
          Consiéntelo el marido
          más sabio, más soberbio y presumido
          sin que en tales desvelos
          quejas se admitan, ni se pidan celos;

porque en tan torpes modos
es la mujer allí común de todos.
Como Jezabel vence
(sin que el solio y corona la avergüence)
en lascivos regalos
a cuantos se han preciado de ser malos,
debajo de pretexto
de religión, su trato deshonesto
de esta suerte pretende
que admita el reino cuanto en él se enciende,
porque en tan infame hecho
a cualquiera varón tenga derecho.
RAQUEL   ¿A qué Circe, a qué Lamia
no causó horror tan inaudita infamia?
¡Ay, Nabot de mi vida!
Primero juzgaré por bien vertida
mi sangre que el respeto
púdico (con que al tálamo sujeto
mi amorosa limpieza)
ose aplaudir tan bárbara torpeza.

Sale ABDÍAS

ABDÍAS   Nabot, la Reina os llama.
NABOT   La Reina ¿a mí?
ABDÍAS   Merece vuestra fama
hacer de vos empleo,
y para honraros que os aguarda creo.
Al margen de la risa
de esa fuente os espera: andad aprisa.

Vase

RAQUEL   ¿Qué es esto, esposo mío?
¡La Reina a vos, cuando tan poco fío
de su apetito ciego;
cuando me habéis contado el torpe fuego
con que su honor abrasa!

13/98

¡Vos al jardín llamado de su casa!
NABOT   Pues ¿qué temor, esposa,
        en mi agravio te tiene sospechosa?
        ¿Quién tu quietud lastima?
        Soy ciudadano en Jezrael de estima,
        está la Reina en ella,
        querrá que vaya a consultar con ella
        algún negocio grave
        que con el pueblo en su servicio acabe.
RAQUEL   Di que querrá quererte.
NABOT   No ofendas mi constancia de esa suerte.
RAQUEL   Querrá que tú el primero,
        a Dios ingrato, a ella lisonjero,
        a Baal sacrifiques;
        porque después torpezas comuniques
        (en el bosque que infamas)
        del sacrílego incendio de sus llamas.
NABOT   Anda, que estás hoy necia,
        pues tu temor, mi bien, me menosprecia;
        con que la fe de nuestro Dios me anima,
        no ignoras, en la estima
        y por conservarla
        morir sabré, mas no sabré violarla.
        Vecinos de palacio
        somos los dos; en el ameno espacio
        de esa viña (que opimos
        joyeles cuelga al pecho de racimos)
        me aguarda, pues su cerca
        la quinta real junto a la nuestra cerca,
        que yo espero que presto,
        segura del recelo en que se han puesto
        tus livianos temores,
        conviertas las sospechas en amores.
RAQUEL   ¡Ay! No quieran los Cielos
        que pronostiquen llantos mis recelos.

Vanse. Salen JEZABEL y CRISELIA

JEZABEL	En dando en contradecirme
	será fuerza aborrecerte.
CRISELIA	Aconsejarte es quererte.
JEZABEL	Replicarme es deservirme.
	¿De cuándo acá escrupulosa
	vas de amor contra la ley?
CRISELIA	Eres esposa del Rey.
JEZABEL	Tengo amor si soy su esposa.
	Los preceptos he seguido
	de Venus y de Baal.
CRISELIA	Sólo el amor conjugal
	te puede ser permitido.
JEZABEL	Esposa fue de Vulcano
	Venus, y aunque diosa fue,
	de Marte amante se ve
	rendida a su amor tirano.
CRISELIA	Si esos ejemplos imitas
	¿por qué no temes en ellos
	la red que pudo cogellos
	a los dos? ¿Por qué acreditas
	deleites de su amor sólo
	que la afrenta ocasionaron
	en que los dioses la hallaron,
	descubriéndolos Apolo?
JEZABEL	¿Qué castigo dio Vulcano
	a Venus por ese error?
	La afrenta fue de su honor,
	pues hizo público y llano
	lo que Venus, prevenida,
	oculto intentó lograr.
CRISELIA	Venus se pudo infamar
	pero no perder la vida,
	que es diosa. Mas tú, señora,
	siendo mortal ¿de qué suerte
	podrás excusar tu muerte
	si sabe el Rey, que te adora,
	que con un vasallo suyo
	su tálamo honesto ofendes?
JEZABEL	Arguyes lo que no entiendes.
CRISELIA	Tu honor defiendo si arguyo.

JEZABEL   ¿Por qué piensas tú que he muerto
            tanto profeta hablador
            que, contrarios de mi amor,
            engaños han descubierto,
               sino porque no limiten
            deleites con que se aumenta
            la especie humana, contenta
            en que con gustos la inciten?
               ¿Por qué imaginas que quiero
            que a Baal mi reino adore
            y con su culto mejore
            regalos que considero,
               sino porque coyunturas
            ofrece en sus ejercicios
            y acaban sus sacrificios
            en que por las espesuras
               dedicadas a su culto,
            facilitando ocasiones,
            da a los gustos permisiones,
            gozando en silencio oculto
               el amoroso apetito
            cuanto el deleite desea,
            sin que mientras dura sea
            cualquier liviandad delito?
               ¿Hay gusto igual al que siente
            el amor que alcanza y calla
            prendas que en los bosques halla,
            sin que siendo pretendiente
               pase por las dilaciones
            de melindres y de quejas,
            de noche adorando rejas
            y examinando balcones,
               y de día entre desvelos
            solicitando un favor?
            Aquí solamente amor
            gustos feria y no da celos.
               Aquí se compra barato,
            pues las fiestas de Baal
            con ocasión liberal
            a todo gusto hacen plato.

             Si es lícito, pues, todo esto
          ¿por qué no podré yo ser
          de quien gustare mujer,
          cuando ocupare aquel puesto?
             ¿Por qué no podré yo amar
          a Nabot, gallardo hechizo
          que mis ojos satisfizo,
          sin que se pueda quejar
             el Rey?
CRISELIA   Tu resolución
          me asombra. (¿Hay tal frenesí?)   **Aparte**
JEZABEL   Con mi gusto cumplo ansí
          y aumento mi religión.
CRISELIA   Ya está en el jardín tu amante.
JEZABEL   Pues retírate tú dél.
          Flores brota este vergel,
          viendo entrar su abril delante.
             Fingiré que estoy dormida,
          porque de mi sueño advierta
          lo que no osaré despierta
          decirle.
CRISELI   (¡Ay, mujer perdida!)   **Aparte**
JEZABEL   Que aquí se acerque le avisa,
          pero que no me despierte,
          mientras que el cristal que vierte
          esta fuente toda risa
             contempla. Esa silla acerca
          y vete.

                Siéntase en una silla

CRISELIA   (Sin seso está.)   **Aparte**
JEZABEL   Que oírme de ahí podrá,
          pues la fuente está tan cerca.

             Finge que duerme y sale NABOT

NABOT   ¿Qué puede su Majestad

quererme, Criselia, a mí?
CRISELIA   Según lo que presumí,
   cosas son de calidad.
      Llegad...pero, detenéos,
   que esperándoos se durmió.
NABOT   Vuélvome, pues.
CRISELIA   Eso no.
      Aquí, Nabot, hay recreos
         en que, mientras que despierta,
      entreteneros podáis.
      Si oír murmurar gustáis,
      los pájaros de esa huerta,
         las hojas de aquesas plantas
      y las aguas de estas fuentes
      murmuran, mas no de ausentes.
      Escuchaldas, pues son tantas
         y el tiempo es más oportuno
      para que contento os den,
      que aunque murmurando estén,
      no dicen mal de ninguno.
         Sentaos aquí.
NABOT   Pues ¿os vais?
CRISELIA   Tengo que hacer.
NABOT   ¿Si se enoja
      la Reina?
CRISELIA   No os dé congoja,
      que solo, a su gusto estáis.

Vase

NABOT   ¡Válgame Dios! ¿A qué fin
      me llamará esta mujer?

Sale a una reja Raquel.

RAQUEL   (Desde aquí lo puedo ver   **Aparte**
      a estas rejas del jardín.
         Acechad, sospechas mías,

18/98

y averiguaréis desvelos
de mi pena, pues los celos
inventaron celosías.)
NABOT Recostada la cabeza
en la mano Jezabel,
la azucena y el clavel
compiten con su belleza.

(Como que duerme ella.)

 ¡Qué peregrina beldad!
¡Si menos crueldad tuvieras!
Mas siempre son compañeras
la belleza y la crueldad.
 ¡Qué igual consorte tenía
Acab, si no deslustrara
la perfección de su cara
con manchas de idolatría!
 En uno y otro es asombro.
Quitarme quiero el sombrero,

(Quítaselo.)

que descortés y grosero
cuando la miro y la nombro
 su persona desacato.
La cama real, los vestidos,
reverencian bien nacidos;
el sello real, el retrato,
 en su original su copia
goza la Reina esculpida,
pues mientras está dormida
es imagen de sí propia.
 ¡Quién pudiera reprendella
con eficacia tan clara
que sus costumbres mudara,
y al paso que la hizo bella
 el Cielo, la hiciera santa!

Durmiendo está: los sentidos
tal vez, aunque estén dormidos,
suelen tener virtud tanta
    que escuchan a quien se llega
a hablarlos. ¿Podré atreverme
a decirla, mientras duerme,
lo que despierta me niega
    el temor de su crueldad?
¿Por qué no? Casi no vive
quien duerme; si me percibe
podrá ser que mi lealtad
    temple el rigor de sus manos
y que mude pareceres,
que idólatras y mujeres
dan crédito a sueños vanos.
    Sospechará que ha soñado
lo que decirla pretendo.
A la industria me encomiendo,
Dios ayude mi cuidado.
    Llego, y las tres reverencias
que como a Reina y señora
se le deben, la hago agora.

*Hace tres reverencias y llégasele al oído
de rodillas.*

RAQUEL   (¿Qué es lo que veis, impaciencias? **Aparte**
    Sentada la Reina está
y mi esposo descubierto
que le llega a hablar advierto.
¡Ay, Cielos! ¿Qué la dirá?
    ¡Oh, quién tuviera en los ojos
los oídos! Desde aquí
oírlos no, verlos sí,
pueden mis ansias y enojos.)
NABOT   Hanme, señora, avisado
que me llama vuestra Alteza.
RAQUEL   (¡Tan cerca de su belleza   **Aparte**
vasallo que no es privado!

¡Los labios junto a su oído!
¿Y aseguraré yo agravios
de sus oídos y labios?
¡Loca estoy, pierdo el sentido!)

Todo esto dice [JEZABEL] como entre sueños

JEZABEL   A Nabot mandé llamar.
NABOT   Serviros humilde aguardo.
JEZABEL   ¿Sois vos Nabot, el gallardo?
NABOT   Soy quien os llega a besar
       la mano, por el blasón
     que me dais y no merezco.
JEZABEL   Besalda, pues.
NABOT   Encarezco
       tanta merced, mas no son
         dignos mis labios de empresa
       tan alta.
JEZABEL   Por uso y ley
       común, a la Reina y Rey
       la mano el vasallo besa.
NABOT   Es ansí, mas no en secreto,
       que es vuestra Alteza mujer
       y está sola.
JEZABEL   Al real poder
       se le guarda este respeto
         solo como acompañado.
       Su reino en mí renunció
       Acab.
NABOT   No lo niego yo.
JEZABEL   Palestina me ha besado
         la mano como a señora.
NABOT   ¡Ojalá todo el Oriente!
JEZABEL   Vos no, Nabot, solamente.
NABOT   Temí...
JEZABEL   Pues, besalda agora.
NABOT   Reverenciaros procura
       mi fe, mas considerad
       lenguas.

JEZABEL   Una Majestad
    por sí mesma está segura;
        tendré a poca reverencia
    la cortedad que mostráis.
    ¿Qué es esto? ¿Vos me negáis
    sólo, Nabot, la obediencia?
NABOT   No lo permitan los Cielos
    si en eso mi lealtad toca;
    honre este marfil mi boca.

Besa una mano.

RAQUEL   (Besóla la mano. ¡Celos,   **Aparte**
        transformaos en desengaños!
        ¿Cómo de aquí no me arrojo?
        ¿Cómo consiente mi enojo
        deslealtades entre engaños?
            Daré voces. Diré al Rey
        lo que le ofenden los dos,
        a la gente, al Cielo, a Dios
        y a su profanada ley.)
JEZABEL   Ahora sí, que esa lealtad
    desmiente recelos míos.
    Alzad del suelo, cubríos,
    pedid mercedes, llegad.
NABOT   Yo, gran señora, estoy bien.
JEZABEL   Haced lo que os mando yo.

Levántase y cúbrese

NABOT   Ya, señora, me cubrió
    vuestro favor.
JEZABEL   Quiéroos bien.
RAQUEL   (Cubrióse delante della, **Aparte**
        del suelo se ha levantado;
        mi agravio ha certificado,
        con su lealtad atropella.
            Si no es que finja despierta

sueños aquesta mujer
¿cómo puede responder
y hablando no desconcierta?
  ¿Qué es eso, Cielos?)
JEZABEL   Pedid
  mercedes que recibáis.
NABOT   Si vos, señora, aumentáis
  mi cortedad, advertid
    lo primero que os suplico.
JEZABEL   Decid, no tengáis temor.
NABOT   Tiembla de vuestro rigor
  este imperio noble y rico,
    siente el ver que en tal belleza
  puede caber tal crueldad;
  en los reyes la piedad
  acrecienta la grandeza.
    Habéis mandado dar muerte
  a los profetas sagrados
  que nuestros antepasados
  reverenciaban, de suerte
    que, oráculos de Israel,
  su dicha estribó en oírlos.
  Si vos dais en perseguirlos
  y el reino por Jezabel
    pierde favores del Cielo
  ¿que mucho que os quieran mal?
JEZABEL   Sirva Israel a Baal,
  que es más piadoso este celo;
    servilde vos y tendréis
  acción que al Rey os iguale;
  lo que su corona vale,
  y más que ella, gozaréis.
    Frecuentad su culto vos,
  que en su bosque y espesura
  os aguarda una ventura
  que no os dará vuestro Dios.
    Deidad que gusta y dispensa
  imposibles de otro modo
  que a todos iguala en todo,
  quien menospreciarla piensa

no es cuerdo. Yo os amo mucho,
amadme otro tanto vos,
que os importo más que el Dios
que adoráis.
NABOT   ¿Qué es lo que escucho?
   Antes que la ley olvide,
que en Sinaí nos dio Moisén,
que a idólatras quiera bien,
que cumpla lo que me pide
   quien el tálamo sagrado
de su esposo trata mal,
que me llame desleal
Raquel, a quien he adorado;
   por un falso testimonio
me juzgue mi patria aleve,
me saque al campo la plebe,
me usurpe mi patrimonio
   y apedreado de todos,
en vez de alabastro pulcro
montones me den sepulcro
de piedras de varios modos.
   Mi ley, mi Rey natural
reverencio, esto profeso.
JEZABEL   Pues, cumpliráse todo eso,
no siendo a mi amor leal.
NABOT   ¿Gran señora? Vuestra Alteza
algo sin duda ha soñado
que la altera.
JEZABEL   Hame alterado
vuestra mucha rustiqueza.
   Industria para deciros
lo que os quiero me fingió
dormida; juzgaba yo
que entre sueños mis suspiros
   hicieran en vos señales
de estima que agradecer,
pues no entibian su poder,
por dormir, suspiros reales.
   Mas vos, cuyo corazón
desprecia tales empeños,

diréis, porque os amo en sueños,
que los sueños sueños son.
NABOT   A resolución, señora,
tan extraña...

JEZABEL   Deteneos
y estimad más mis empleos.
RAQUEL   (La Reina a su Rey traidora,   **Aparte**
como a nuestro Dios, pretende
obligar a su regalo
a mis esposo; menos mal
es, pues de ella se defiende.)

Entrase Raquel

NABOT   Vuestra Majestad repare...
JEZABEL   No hay reparos en amor.
NABOT   ...que soy leal.
JEZABEL   Sois traidor
a mis llamas.
NABOT   Quien juzgare
sin pasión lo que al Rey debo,
JEZABEL   Amor es dios si él es Rey.
NABOT   ...a mi Dios y ley.
JEZABEL   No hay ley
ni hay dios sino el que os doy nuevo,
Baal, que me améis permite;
por eso os mando adorarle.
NABOT   ¿Y vuestro esposo?
JEZABEL   Matarle.
NABOT   ¡Gran señora!
JEZABEL   Cuando imite
a Semíramis que a Nino
(en tres días que la dio
el reino que le pidió)

a ser su homicida vino,
　　en su ejemplo hallaré excusa;
no soy yo de mi hijo amante
como ella, causa bastante
doy a la llama difusa
　　que me abrasa. ¡Baal vive,
que ejemplo de desdichados,
si despreciáis mis cuidados,
habéis de ser!
NABOT　　　　　　Pues derribe
　　mi cabeza la crueldad
que, torpe, me asombra en vos,
Reina. Que vive mi Dios,
que contra la Majestad
　　del Rey que obedezco fiel,
de la esposa a quien adoro,
ni el interés de un tesoro,
ni el castigo más cruel,
　　ha de hacer mella en mi honor
porque a vuestra culpa iguale.

Vase

JEZABEL　　Sabes, bárbaro...

Sale primero CRISELIA y luego el Rey [ACAB], JEHÚ,
ABDÍAS, JOSEPHO y otros

CRISELIA　　　　　　El Rey sale.
JEZABEL　　Yo me vengaré, traidor.
ACAB　　　　No como Rey, hermosa prenda mía,
　　como ministro vuestro solamente,
　　de Israel desterré la hipocresía
　　que ciega amotinaba nuestra gente.
　　Trescientos y más son los que este día
　　en Samaria, llamándome inclemente,
　　porque los pueblos predicando engañan,
　　las aras de Baal en sangre bañan.

Si alguno queda vivo, que lo dudo,
él mismo, temeroso, se destierra
y el falso Elías, que ofenderos pudo,
desembaraza, huyendo, nuestra tierra.
Bosques consagro, en sus altares mudo
la adoración que sola Judá encierra.
Célebre templo al dios Baal dedico,
en fábrica admirable, en rentas rico.

     Mandado he convocar el reino nuestro
para que, junto con él, quien la rodilla
no postrare a Baal, por gusto vuestro,
sujete la cerviz a la cuchilla.
De esta manera lo que os amo muestro;
Baal is dios, vos sois la maravilla
de la beldad mayor que Apolo alienta;
piérdase el reino y téngaos yo contenta.

JEZABEL   ¡Los brazos, no la lengua, han de premiaros,
que de ellos, caro esposo, he de quereros!
¡Huya Elías, que vino a amenazaros,
perezcan sus secuaces agoreros!
Ya no podrán, mi Acab, pronosticaros
trágicos fines de peligros fieros.
Gracias al cielo, que nos deja Elías
limpio a Israel de sus hipocresías.

ELÍAS muy venerable a lo penitente.

ELÍAS   No blasones impiedades,
lascivo y bárbaro Rey,
hijo del esclavo Amrí,
consorte de Jezabel.
No blasones impiedades
contra el Cielo, a quien infiel
provocas contra tu vida,
yo su profeta, El tu juez.
Afemina tu diadema,
no en la cabeza, en los pies,
pues indigno de ser hombre
te gobierna una mujer.

Sigue idólatras engaños
del primero que a Israel
apartó del culto pío
que Dios intimó en Oreb.
Simulacros del demonio
erige, porque después
que Samaria te obedezca
la transformes en Babel.
Que pues blasfemas del templo
que adora Jerusalén,
receptáculo del Arca
del Dios de Melquisedec,
nombre y fama adquirirás
del príncipe más cruel
que tendrán las tribus doce
de Saúl a Manasés.
Ni el torpe Jeroboán,
que ingrato al Cielo y su Rey,
hizo que el pueblo adorase
los becerros de Betel,
en los insultos te iguala,
ni los cinco que tras él
infamaron la corona
que ciñe las tribus diez.
Bebe la sangre inocente
de tanto profeta Abel,
que en el seno de Abrahán
clamando los cielos ven.
Sigue las supersticiones,
por no irritar su desdén,
de esa harpía de Sidón,
de esa Parca de Israel;
que pues por ella te riges,
yo, imitador de Finés,
de parte de Dios te anuncio,
pues ciego blasfemas dél,
que mientras a ruegos míos
no me abriere su poder,
los tesoros de esas nubes,
que el campo vuelven vergel,

con llave de acero y bronce
cerrados, no han de llover
sobre tu mísero reino;
porque perezcáis tú y él,
rayos de adusto calor
yesca tienen que volver
las más fértiles riberas
que en vuestros valles tenéis.
Ni el ganado ha de hallar pastos,
ni los hombres que comer,
porque vuestras rebeldías
se castiguen de una vez.
Esto os intimo de parte
del Dios que adoró Israel;
o a tragedias te apercibe,
o vuelve a abrazar su ley.

ACAB   ¡O rígido anunciador
de agüeros, por más que estés
en ese Dios confiado
que en mi vida adorare,
no te librarás agora
de la muerte más soez
que dio escarmiento al delito
y al engaño que temer...

Saca el Rey [ACAB] la daga, va a herir
a ELÍAS y vuela

¡Aguarda, profeta falso,
blasfemo, bárbaro, infiel!

ELÍAS   Ansí sabe Dios guardar
a los que esperan en El.

JEZABEL   ¡Seguilde, vasallos míos,
si vengarme pretendéis!

ACAB   Flechalde por esos aires
y al vuelo le mataréis.

JEZABEL   O hechicero encantador!
No sosiegue Jezabel
mientras no beba tu sangre,

mientras no bañes mis pies.
Baal te pondrá en mis manos
¡Hebreos, volad tras él!
Alas lleva la venganza,
con ellas le alcanzaréis.
ACAB   Ministros de mi justicia
he de despachar tras él;
por cuanto circunda el mar
no se me podrá esconder.
JEZABEL   Yo desharé tus hechizos.
ACAB   Quien su cabeza me dé
será en mi reino el segundo.
JEZABEL   Quien le ampare, guárdese.

Vanse

JOSEPHO   ¿Qué sentís de estas crueldades?
ABDÍAS   Que es fuerza el obedecer.
JEHÚ   Yo parto en su busca al punto,
que temo y respeto al Rey.
JOSEPHO   ¿Qué importan sus amenazas
si vuelve el Cielo por él?
JEHÚ   Esto y mucho más peligra
reino en que manda mujer.

Vanse

FIN DEL ACTO PRIMERO

ACTO SEGUNDO

Sobre unas peñas muy altas salen DORBÁN y ZABULÓN,
pastores, y abajo CORIOLÍN, pastor

ZABULÓN   ¡Ah del monte del Carmelo
    serranos! ¡Abajo, abajo!
CORIOLÍN   Tomado lo han a destajo.
LOS DOS   ¡Al valle!
CORIOLÍN   ¡Al valle, mi agüelo!
    El hambre mos trae de talle
    que andar a pie es trabajo,
    y ellos dalle abajo, abajo.
    ¡Serranos, al valle, al valle!
DORBÁN   ¡Ah del monte, ah de la sierra!
    ¡Al valle, al valle a la junta!
        Van bajando
CORIOLÍN   Dado le han. ¿A qué se junta,
    si sabéis, toda la tierra?
ZABULÓN   A ver si remedio hallamos
    al hambre que padecemos.
DORBÁN   Tres años ha que no vemos
    nube en el cielo.
LISARINA   Acá estamos
    todos.
CORIOLÍN   Lisarina, ¿vos,
    a qué venís?
LISARINA   Las mujeres
    también damos pareceres.
ZABULÓN   ¿Y serán buenos?
CORIOLÍN   ¡Par Dios!
    si los vuesos son del talle
    que los que Jezabel da,
    el dimuño os trujo acá.
    Ya habemos bajado al valle,
    ¿qué tenemos?
DORBÁN   Coriolín,

la falta de bastimentos
a personas y a jumentos
amenaza triste fin.
    Sentaos y busquemos modo
como no muera la gente.

Asiéntanse

CORIOLÍN   Dadme vos con que sustente
        el estuémago, que todo
            se me desmaya de cuajo;
        o, pues son impertinentes,
        alquiladme boca y dientes
        con la oficina de abajo,
            que en mí no tienen que her.
LISARINA   Ya estamos todos sentados.
DORBÁN   Pastores, ya no hay ganados
        que esquilar ni que comer;
            a nadie el hambre reserva.
        Los cielos están con llave,
        ni por el viento vuela ave,
        ni alegra a los campos hierba;
            no hay arroyo que no trueque
        en polvo el agua que borra,
        río que a manchas no corra,
        fuente que ya no se seque.
            Todos la vida nos tasan
        por quitarnos el sosiego,
        que son los pecados fuego
        y hasta las fuentes abrasan.
            No se enmiendan nuestros Reyes,
        y así crecen nuestras quejas;
        comímonos las ovejas,
        no perdonamos los bueyes.
            Si yo a persuadiros basto,
        lo que vos vengo a decir
        y se nos han de morir
        las bestias por no haber pasto,
            mejor es que las matemos

y a costa suya vivamos,
pues como las dividamos
el pueblo socorreremos.
          ¿Qué os parece?
ZABULÓN   Habéis habrado
como Sanlimón, pardiobre;
no perezca el puebro pobre,
y más, que no haya ganado.
DORBÁN   Yo tengo una yegua flaca.
ZABULÓN   Yo, una mula.
LISARINA   Yo, un jumento.
CORIOLÍN   Yo, un rucio, pero no intento,
aunque el hambre no se apraca,
      que por ingrato me arguya
y tan mal pago le den,
que es un borrico de bien;
mi ánima con la suya
      cuando de este mundo vaya.
LISARINA   Por votos heis de pasar.
CORIOLÍN   ¿Votos?
LISARINA   No hay que repricar
como la suerte vos caya.
DORBÁN   El más mozo es Coriolín

del puebro, voto por él.
CORIOLÍN   Dorbán, siempre sois cruel.
DORBÁN   Yo entregaré mi rocín
      después que hayamos comido
vuestro burro.
LISARINA   Yo eso quiero.
      Muera su burro primero.
CORIOLÍN   Y a vos ¿quién vos ha metido
      en los votos del Concejo?
LISARINA   Yo, que también so presona.
ZABULÓN   A nadie el hambre perdona;
hed repartir el pellejo
      para almorzar por la gente,
y el burro el siguiente día
vaya a la carnicería,
donde se pese igualmente:

que éste es nueso voto y gusto.
CORIOLÍN   De capa os sirvió el pellejo;
        vote, mi burro, el Concejo
        sobre la capa del justo,
            que yo moriré con vos,
        pues que libraros no pudo
        el mi amor.
LISARINA   Venga el menudo,
        aderezaréle.
CORIOLÍN   ¡Adiós,
            el mi jumento del alma!
        Vivo queda quien vos pierde,
        mas porque de vos me acuerde,
        yo colgaré vuesa enjalma
            del cravo do está el mi espejo;
        vueso ataharre traeré
        al cuello por banda en fe
        que no os olvido, aunque os dejo.
DORBÁN   Esto está bien ordenado.
        Venid, daréisnosle.
CORIOLÍN   ¿Yo,
        traidor a quien me llevó
        en somo de sí asentado?
            ¿Con qué vergüença pudiera
        decirle a mi buen jumento,
        yo del vueso prendimiento
        corchete soy? ¿Qué dijera
            entonces el rucio mío?
        Vaya el Concejo a llevarle,
        pues se atreve a sentenciarle.
DORBÁN   Dejad ese desvarío,
            ¿estáis en vos?
ZABULÓN   ¡Ea, venid!
CORIOLÍN   Pues que ya llegó su plazo,
        Zabulón, dalde un abrazo
        y en mi nombre le decid,
            cuando le deis el segundo...
LISARINA   Coriolín, cansado estás.
CORIOLÍN   ...que no mos veremos más,
        (si no es en el otro mundo.)   **Aparte**

ABDÍAS   Tres años ha, mi Dios, que las impías
           persecuciones ocasionan llantos,
           y en tus profetas y ministros santos
           la crueldad ejecuta tiranías.
               Tres años ha que de mi pecho fías,
           a pesar de amenazas y de espantos,
           tus fieles siervos, puesto que ha otros tantos
           que el cielo cierra la oración de Elías.
               En dos cuevas amparo y doy sustento
           a cien profetas tuyos, escondidos
           del poder de la envidia y los engaños.
               Ampara Tú, Señor, mi justo intento;
           clemente abre a mis ruegos los oídos;
           baste, mi Dios, castigo de tres años.

               Si hallare yo algún pastor
           de cuya simplicidad
           se confie mi piedad
           sin riesgos de mi temor...
               Mayordomo de la casa
           soy del Rey, y su privado;
           su gobierno me ha fiado,
           todo por mi mano pasa;
               pena ha puesto de la vida,
           con privación de la hacienda
           a quien ampare y defienda
           a algún profeta; perdida
               ha tres años que la tengo,
           pues por conservar mi ley
           voy contra el gusto del Rey
           y cien profetas mantengo.
               No hay hombre de quien fiarme.
           ¡Deparadme, eterno Dios,
           quien me ayude en esto, Vos!

Sale CORIOLÍN

CORIOLÍN Murria me viene de ahorcarme
        sin vos, el mi rucio amado,
    el mi lindo compañero;
    ¿vos, mi burro, al carnicero?
    ¿vos, por él descuartizado?
        ¿que habéis de morir, en fin?
    ¿que ya mi amor no os aguarda?
    ¿qué hará sin vos el albarda,
    si no la trae Coriolín?
        ¿qué la burra, o vos sin ella,
    de mi comadre Darinta,
    que estaba por vos encinta;
    viuda hoy y ayer doncella?
ABDÍAS   Oye, detente pastor.
CORIOLÍN Si de un lazo no me escurro...
ABDÍAS   ¿Estás loco?
CORIOLÍN   Estó sin burro.
ABDÍAS   ¡Qué simple!
CORIOLÍN   Mire, señor,
        pues que no le ha conocido,
    no se espante si le lloro,
    que era como un pino de oro;
    jumento tan entendido
        no le tuvo el mundo.
ABDÍAS   Acaba.
CORIOLÍN ¿Piensa que miento? Decían
    que las burras le entendían
    cuantas veces rebuznaba,
        pues, honesto, en mil sucesos
    que con las hembras se halló,
    nunca en la carne pecó,
    ¡que estaba el pobre en los huesos!
        Pues la vez que caminaba
    tan cuerdo hue de día en día,
    señor, que en todo çaía,
    o al de menos tropezaba.
        Pues sofrido no hubo her,
    por más palos que le diese

que alguna vez se corriese,
que él jamás supo correr;
   pues aunque huese de prisa
si a su jumenta oliscaba,
al cielo el hocico alzaba,
que hue una boca de risa;
   y con tener estas gracias
y otras que callo, señor,
me le llevan ¡ay, dolor!
la cola y orejas lacias,
   a morir al matadero,
do el carnicero le sise
y el hambre después le guise.
¿Hiciera más un ventero?

ABDÍAS   (Esta sencillez podrá   **Aparte**
   asegurar mi recelo.)
CORIOLÍN Pondréme paños de duelo
   por él.
ABDÍAS   Pastor, oye acá,
   como me guardes secreto
   yo te daré otro mejor.
CORIOLÍN Mas ¡arre allá!
ABDÍAS   Tu favor
   he menester.
CORIOLÍN   ¿En defeto
   que a quien secretos le guarda
   da burros y de comer?
ABDÍAS Sígueme.
CORIOLÍN   ¿Y qué hemos de her
   si no le viene el albarda?
ABDÍAS   (Con éste puedo enviar   **Aparte**
   a mis santos la comida,
   mientras el hambre atrevida
   y el temor no da lugar
   a que en público los goce
   nuestro mísero Israel.
   No temeré a Jezabel
   pues éste no la conoce,
   ni quién soy tampoco sabe.)

CORIOLÍN   ¿Quién tal dicha hallar pudiera?
        Echeme en la faltriquera
        el secreto, si tien llave.
ABDÍAS   Mi Dios, contra un Rey ingrato
        esta piedad os dedico.
CORIOLÍN   ¿Por un secreto un borrico?
        ¡Pardiez que compré barato!

Vanse. Salen ACAB, JEZABEL, JEHÚ y JOSEPHO

ACAB   En fin, que contra Elías
        salen frustradas diligencias mías.
JEHÚ   Encantos de sus vuelos
        nos le arrebatan penetrando cielos;
        cuantos embajadores
        has despachado, dándoles favores,
        desde Grecia a Etiopia,
        por cuanto esmalta la florida copia
        fecunda de Amaltea,
        el mar de zafir baña, el sol rodea,
        sin perdonar desierto,
        valle, monte o collado, han descubierto
        sus fieles diligencias,
        sin tener nuevas dél.
ACAB   Las inclemencias
        del cielo que ocasiona
        no siempre han de ofender a mi corona.
        Hermosa prenda mía,
        ¿quién sino vos apaciguar podía
        mis pesares y enojos,
        si estriba mi descanso en vuestros ojos?
        Elías no parece,
        todo mi reino mísero perece,
        porque hechizos y encantos
        le niegan el sustento meses tantos,
        por ese vil profeta
        a quien el cielo todo se sujeta,
        a quien sus inflüencias
        la llave han dado.

JEZABEL   Abrásanme impaciencias;
       no muera yo hasta tanto
       que en sangre trueque Palestina el llanto
       que compasivo vierte,
       y a quien le causa, den mis manos muerte.
ACAB   Entre las flores bellas
       de este jardín, pues vos reináis en ellas,
       divirtamos pesares;
       pongan aquí la mesa y los manjares.
JEHÚ   Todo está prevenido
       en este cenador que, guarnecido
       de jazmines y nuezas,
       fino sitial es, tálamo de Altezas.
ACAB   Sentaos, pues, dulce prenda,
       que aunque el enojo vuestro pecho encienda,
       no tarda la venganza,
       aunque espaciosa, cuando al fin se alcanza.
       Cantad tonos süaves,
       alternándoos vosotros con las aves,
       que una y otra armonía
       divertirán la hermosa prenda mía.

Descúbrese una mesa con dos sillas y un aparador debajo de
un jardín. Siéntanse, comen y los músicos cantan

CANTAN   *"Dos soles tiene Israel*
       y que se abrase recelo
       el del cielo y Jezabel.
       ¿Cuál es mayor?
UNO   *El del cielo*
OTRO   *Eso no, que el dios de Delo*
       se eclipsa y cubre de un velo
       y el nuestro luce más que él."

ACAB   Buena es la dificultad
       de la letra, mas mi esposa,
       en fe de que es más hermosa,
       a Apolo da claridad.
       Cada día la deidad
       del cuarto planeta nace,

y aunque al mundo satisface,
cada noche también muere;
mas quien a mi esposa viere
que alumbra, deleita y vive,
dirá que de ella recibe
vida el sol y luz el suelo,
y que la debe más que a él.

CANTAN   *"Dos soles tiene Israel*
    y que se abrase recelo
    el del cielo y Jezabel.
UNO   *¿Cuál es mayor?*
OTRO   *El del cielo.*
TODOS   *Eso no, que el dios de Delo*
    se eclipsa y cubre de un velo
    y el nuestro luce más que él."

ACAB   ¿Quién ha compuesto esa letra?
JEZABEL   La adulación. Mas ¿qué es esto?

En cantando bajan dos cuervos por el aire y el uno arrebata
un pan y el otro una ave asada y vuelven a volar, y
levántanse

ACAB   ¡Anuncios de mis desdichas,
    aves torpes del infierno!
JEZABEL   ¡Daldas la muerte, flechaldas!
ACAB   Quitad esa mesa. ¡Ah, cielos!
    tragedias y mortandades
    me intiman fúnebres cuervos;
    plumas de luto me anuncian
    el mísero fin que espero.
    Nuestras mesas contaminan
    las harpías de Fineo,
    presagios lloro infelices;
    el corazón en el pecho
    buscando al alma salida
    ya es tirano de mi aliento.
    ¡Llorad mi muerte, vasallos!

JEZABEL   ¡Rey, señor, esposo!
ACAB   Tiemblo,
      dudo, desmayo, suspiro,
      abrásome vivo, y muero.
      Los cielos son contra mí
      ¿Quién resistirá a los cielos?
      Mi mortal sentencia firman
      plumas de verdugos cuervos.
JEZABEL   ¿Qué afeminado temor
      desacredita el esfuerzo
      que un hombre, un Rey, un Monarca
      debe tener? Si en ti el miedo
      se apodera de ese modo,
      ¿de tus vasallos qué espero?
      ¡Gentil traza de animarlos!
      ¡mejor diré de ofenderlos!
      ¿Qué ejércitos de enemigos
      te hacen guerra a sangre y fuego?
      ¿Qué nubes arrojan rayos?
      ¿Qué terremotos el centro?
      Esto es cosa natural;
      el aire niega avariento
      las preñeces a sus nubes
      que fertilicen el suelo;
      perecen tus reinos de hambre,
      los montes están desiertos,
      las plantas se esterilizan,
      los valles sin hierba secos;
      a las aves y a los brutos
      les niega sus alimentos
      la tierra que, siendo madre,
      madrastra esta vez se ha vuelto.
      ¿Qué mucho, pues, que atrevidos
      busquen de comer los cuervos
      y que la necesidad
      haga pirata su vuelo?
      ¿No te avergüenzas, siendo hombre,
      que te anime el vil sujeto
      de una mujer, que se burla
      de mentirosos agüeros?

Si no ignoras los hechizos,
los engaños y embelecos
de ese Elías, burlador
de mi ley y tus preceptos,
¿qué mucho que en nuestro agravio
obligue, para ofendernos,
las aves que nos persigan,
si le obedece el infierno?
Su muerte a tu vida importa,
a mi injuria, a tus deseos;
muera Elías, dueño caro,
y abrirán después dél muerto
los tesoros a sus lluvias
las nubes, que obedecieron
los conjuros execrables
que nos las vuelven de acero.
¡Buscalde, vasallos míos!
que al que le hallare prometo
hacerle, a pesar de envidias,
el segundo de este reino;
gozará nuestra privanza,
estribará en su gobierno
la guerra y la paz, su nombre
quedará en bronces eternos.
Si la lealtad no os anima,
anímeos siquiera el premio;
más oculto que él, el oro,
la plata, el cobre y el hierro
vive en las minas profundas
y no se libra por eso
de la avaricia del hombre,
aunque le escondan sus cerros.
La verdad vence al engaño,
la virtud encantamentos.
Baal os dará favor;
id, que su ayuda os ofrezco.
ACAB   Tus palabras me dan vida,
la respiración me has vuelto;
en tu lengua Apolo asiste,
él te influye esos consejos.

¡Seguildos, executaldos!
Pero mirad, que os advierto
que si volvéis sin Elías
seréis al mundo escarmiento.
¡Por vida de Jezabel,
que es sola el alma que tengo,
que en una cruz afrentosa
ha de hacer plato a los cuervos
(porque no asalten los míos)
el que atrevido, indiscreto,
diere la vuelta a Samaria
sin Elías, vivo o muerto!
Esto os notifico a todos;
si los castigos y premios
ponen alas, escoged
o coronas o destierros.

Vanse los Reyes

JOSEPHO   ¡Qué crueldad!
JEHÚ   ¡Qué tiranía!
JOSEPHO   ¿Qué habemos de hacer?
JEHÚ   Perdernos
    o buscarle. ¡Adiós Samaria!
JOSEPHO   Imposibles pretendemos.

Vanse. Sale EL&Iiacute;AS

ELÍAS   Tres años ha que escondido
    entre aquestas soledades,
    porque defiendo verdades,
    de todos soy perseguido.
    Vos, mi Dios, habéis querido
    que asperezas del Carmelo
    (porque celo
    el culto de vuestra ley)
    me amparen de un torpe Rey
    y de una mujer lasciva,

porque viva
cual bruto en esta montaña.
¡Cosa extraña
que triunfe el vicio que engaña,
    que ande huyendo el que os es fiel,
que reinen idolatrías,
que el mundo aborrezca a Elías
y que adore a Jezabel!
Deste arroyo, que al Jordán
tributa y Carit se llama,
los cristales que derrama
mi llanto imitando van.
Secos los demás están,
que cual mercader quebrado
se ha alzado
el cielo, todo rigores,
sin pagar acreedores
con inmensos
tesoros de agua, que en censos
cobraban, correspondientes,
los vivientes,
montes, prados, lagos, fuentes.
    Pero ya en arenas secas
ni flores ni frutos nacen,
porque los pecados hacen
fallidas las hipotecas.
¡Perezcan, mi Dios, protervos!
¡Acábese la impiedad!
¡La sangre, Señor, vengad
que derraman vuestros siervos!

*Bajan volando los dos cuervos y traen en los picos lo que
quitaron de la mesa del Rey*

    Pero ¿qué es esto? Los cuervos,
de quien mi defensa fía
la fe mía,
a traerme de comer
vienen; hora debe ser.

¡Ay, Señor de inmensos nombres!
Si los hombres,
porque a Jezabel obliguen,
me persiguen,
los brutos voraces siguen
piedad que en ellos no vemos.
¡Qué bárbaros desvaríos!
Venid, maestresalas míos,
que todos tres comeremos.

Vase. Sale Raquel, sola

RAQUEL   Busco alivio a mis desvelos,
casa de placer, en vos,
y enfermos de un mal los dos,
entrambos lloramos celos.
Las fuentes, los arroyuelos,
las plantas, las verdes flores,
los alegres ruiseñores,
naranjos, vides y hiedras,
si en amar fundan sus medras,
con celos tienen temor;
todo es celos, todo amor,
pájaros, flores y piedras.
   Si en los arroyos y fuentes
reparo, el temor me avisa
que hay celos entre su risa,
pues murmuran entre dientes.
Celos las flores presentes
lloran, que las acompañan,
pues el vidrio en que se bañan
las avisa (aunque lo ignoran)
que si de sí se enamoran,
de sí celosas se engañan.
   Estas vides, todas lazos
destas hiedras Brïareos,
¿por qué trepan los deseos,
ciñendo el muro a pedazos?
¿por qué con verdes abrazos

45/98

crecen entre ajenas medras,
sino porque hasta las hiedras,
ejemplos del firme amor,
tienen, celosas, temor
que se les vayan las piedras?
    ¿Por qué con música y vuelos
los ramilletes del aire
compiten en el donaire,
sino porque tienen celos?
No afectan sino develos,
no rondan sino temores,
no cantan sino favores,
no piden sino asistencias,
porque donde hay competencias
celos avivan amores.
    Más causa tienen mis males,
mis llantos más pena admiten
que, en fin, ellos si compiten,
es entre opuestos iguales;
mas yo que con celos Reales
lloro agravios evidentes,
bien podré, por más ardientes,
juzgar mis celos mayores
que los que abrasan las flores,
las plantas, aves y fuentes.

Sale Nabot

NABOT   De extraños bienes nos priva
    la tirana Jezabel.
RAQUEL   No es tirana, no es cruel
    la que, tierna y compasiva
      con vos, de suerte se ablanda
    que a su presencia os admite,
    estar junto a sí os permite,
    cubrir la cabeza os manda.
      Ya sois Grande de su Estado,
    ya con Acab competís,
    ya a su amor os preferís,

ya os soñaréis colocado,
	ya usurpador de su silla.
Quitarle el reino queréis
y Raquel; pretenderéis
que, hincándola la rodilla,
	la mano os llegue a besar.
Blasonad lealtad y ley;
decidnos que a Dios y al Rey
debemos reverenciar,
	que estas dos cosas cumplís,
ofendiendo al Rey y a Dios.
NABOT	Cara prenda ¿estáis en vos?
	¿Yo a Dios y al Rey? ¿Qué decís?
RAQUEL	¿No besastes una mano,
	no vasallo, amante sí,
	que yo, fiscal vuestro, vi,
	siendo a vuestro Rey tirano?
NABOT	Tenéis celos. No me espanto
	si la sospecha os cegó.
	¿Yo a la Reina amor?
RAQUEL	¿Vos? ¡No!
	¡que sois leal, sois un santo!
	Lograd su amor descompuesto,
	ofended mi casta ley,
	que yo daré cuenta al Rey
	de lo que he visto.

ACAB	¿Qué es esto?
NABOT	¡Señor! ¿Vuestra Majestad
	en ésta su casa y quinta?
	No en balde se esmalta y pinta
	hoy de nueva amenidad.
ACAB	Parece que vuestra esposa
	quejas contra vos formaba.
	¿Qué tiene? ¿Por qué lloraba?
NABOT	Quiere bien y está celosa.
	Ha dado en encarecer

   lo que aun ignora la fama.
ACAB Deleitan celos de dama
   y enfadan los de mujer.
    Oíd a lo que he venido,
   que procuro ocasionaros
   a servirme para honraros.
NABOT Basta haberlo pretendido
    para que yo, gran señor,
   eternamente obligado,
   ya esclavo, si antes criado,
   engrandezca este favor.
ACAB   Esta viña, que así llama
   vuestra quinta Jezrael,
   en cuyo ameno vergel
   Abril su copia derrama,
    como de mi casa está
   tan cerca (que esta muralla
   sólo se atreve a apartalla)
   me parece que será
    más bella si estorbos quito
   y, dilatando su espacio
   con el parque de palacio,
   ilustrarla solicito.
    Haré, si las incorporo,
   un huerto fresco, un pensil,
   que eternamente el Abril
   al de las manzanas de oro
    el nuestro fértil prefiera;
   si a servirme os animáis
   con ella, si me la dais,
   gozaréis otra más bella
    que vuestro caudal aumente,
   y aunque más distante esté,
   frutos copiosos os dé
   y al doble que aquesta os rente.
    Pero si os está mejor
   venderla, que no trocarla,
   yo gustaré de comprarla;
   señaladme su valor
    y convertiréosla en plata.

No como Rey os la pido,
cual mercader he venido
que en posesiones contrata,
   puesto que obligado quedo
siempre a acordarme de vos.

NABOT   No permita, señor, Dios
que el patrimonio que heredo
   (y es solar de la limpieza
que mis padres me dejaron
cuando en ella vincularon
memorias a su nobleza)
   se la quite yo a sus nietos.
Gran señor, no ignoráis vos
que en su Levítico Dios
manda, por justos respetos,
   que no se puedan vender
posesiones que en herencia
toquen a la descendencia
del primogénito; ver
   puede vuestra Majestad
en el vigésimo quinto
capítulo si es distinto
mi intento de esta verdad.
   Y aunque en esta ley dispense
el mismo legislador
con el pobre y yo, señor,
venderla y serviros piense,
   dándome el Cielo riqueza
con que mi sangre acredite,
si esta venta se permite
solamente a la pobreza,
   ¿de qué suerte queréis vos
que vaya contra mi ley?
ACAB   Yo, Nabot, soy vuestro Rey
y no adoro a vuestro Dios.
NABOT   Yo, sí, señor, yo le adoro,
yo me precio de cumplir
sus preceptos y morir
por ellos, aunque un tesoro

me diérades, no apetezco
ir jamás contra su ley.
Perdonadme, que a mi Rey
por mi Dios desobedezco.
    Mandadme lo que sea justo
y veréis si soy leal.
ACAB   Podrá ser que os esté mal
no haberme dado este gusto.

Vase

NABOT   Cumpla con el Vuestro yo,
Dios mío, que es lo que importa;
toda humana vida es corta,
porque a censo se nos dio.
    Si me mandare pagar
el severo Rey con ella,
¿qué importa por Vos perdella
si al fin es censo al quitar?
    Los celos apacigüemos
de mi engañada Raquel;
locuras de Jezabel
ocasionan sus extremos.
    Temo a una Reina viciosa,
un Rey me causa desvelos,
mi esposa se abrasa en celos,
y en fin, Rey, mujer y esposa
    mi sosiego traen en calma.
¿Qué haré si vienen a ser
mi esposa, el Rey, su mujer,
tres enemigos del alma?

Vase. Salen Lisarina y CORIOLÍN, pastores

LISARINA   ¿Que me niegas, en efeto,
dónde has estado hasta agora?
CORIOLÍN Serrana pescudadora,
un burro cuesta un secreto.

Pues el otro me heis comido,
no quiero que me comáis
el que me dioren; ya estáis
emburrada y ya os olvido.
LISARINA   Luego ¿no me quieres bien?
CORIOLÍN ¡Como a la peste! ¿Yo a vos?
¿Hambre y amor? Ved qué dos
para que se avengan bien.
LISARINA   Dime tú que por Birena
estás perdido.
CORIOLÍN   Es verdá.
¿Tendréis celorrios?
LISARINA   Verá,
no me dan los celos pena.
Pero que me dejes siento
por una...
CORIOLÍN   Quedo...
LISARINA   ...que tien
la cara...
CORIOLÍN   Tratalda bien.
LISARINA   ...con cien burujones.
CORIOLÍN   ¿Ciento?
Pues, ¿qué hacen los burujones
para el amor?
LISARINA   ¿Eso dices?
Mujer de chatas narices,
hecha la cara a empujones,
altibajos y repechos,
los carrillos de pelota.
CORIOLÍN Es su cara bergamota,
mala vista y buenos hechos.
Quítame el ser chata enojos,
viéndola, cuando se para,
de un golpe toda la cara
sin que trompiquen los ojos.
LISARINA   Tú tienes gentil despacho.
CORIOLÍN Cara chata es de hembra sola,
pues faltándola la cola,
no la pueden llamar macho;
por eso la quiero más,

pues aunque os cause celera,
tien de una misma manera
la de delante y detrás;
    más sana que a vos la hizo
chata el Cielo.
LISARINA   ¿Qué me dices?
CORIOLÍN   La verdá, pues sin narices
se ahorra de un romadizo,
    y si mos casare Dios
hasta her un abolengo
no importa eso, que yo tengo
narices para los dos.
    ¿Estáis contenta?
LISARINA   ¡Para ésta!
CORIOLÍN   ¿Juráismela? Pues bonito
soy yo; no se me da un pito
de vos.

Salen dos soldados

SOLDADO 1   Hacia aquella cuesta,
    cuya cumbre besa el cielo,
dos pastores me afirmaron
que los cuervos se asentaron;
de donde, abatiendo el vuelo,
    ignoran hacia qué parte
guiaban.
SOLDADO 2   Será a sus nidos.
    ¿Cómo fueron conocidos
si no intentan engañarte?
SOLDADO 1   Viéronlos llevar el pavo
y el pan.
SOLDADO 2   Si dan esas señas
no hay duda que entre estas peñas
está Elías.
SOLDADO 1   ¡Oh, si al cabo
    de tres años que tras él
andamos, le hallase yo!
SOLDADO 2 ¿Qué? ¿Los cuervos hechizó?

Bien le llama Jezabel
	embustero, encantador.
SOLDADO 1 Estos sabrán dónde asiste.
SOLDADO 2 Si le hallas dichoso fuiste.
SOLDADO 1 Préndeme aquese pastor.
CORIOLÍN   ¿A mí prenderme? ¡Arre allá!
	¿Ya yo mi rucio no he dado?
LISARINA Préndanle, que es un taimado.
SOLDADO 1 ¿Adónde el profeta está,
	que en este desierto habita?
CORIOLÍN ¿Quién, señor?
SOLDADO 1		Aquel profeta
	del Carmelo.
CORIOLÍN			¿Ser poeta
	es pecado? Hay enfenita
		caterva de ellos doquiera;
	entre púbricos y ocultos,
	cómicos, críticos, cultos,
	hay chusma villanciquera
		y otras enfenitas setas
	que eslabonan desatinos;
	entre catorce vecinos
	los quince hallará poetas.
SOLDADO 1   No te preguntamos eso.
CORIOLÍN Pues ¿qué pescudan?
SOLDADO 2			A Elías
	buscamos los dos.
CORIOLÍN				¿A Herbías?
	¿Y le cheren llevar preso?
		Pobre de él.
SOLDADO 1				Tú le conoces,
	pues que te lastimas de él;
	premiaráte Jezabel,
	daráte hacienda que goces,
		si adonde asiste nos guías.
LISARINA Señores, él le escondió.
CORIOLÍN Un sastre conocí yo,
	que tuvo por nombre Herbías,
		y al tiempo del espirar
	le llevoren para lastre,

como al ánima del sastre
suelen los diabros llevar.
SOLDADO 1   No disimules, villano,
si quieres vivir.
CORIOLÍN   Acabe.
LISARINA   Sacúdanle, que él lo sabe.
(Vengaréme por tu mano.)   **Aparte a él**
CORIOLÍN   ¨Es por la chata?
LISARINA   Traidor,
tú lo sabes, no hay que habrar.
CORIOLÍN   Acabe de declarar
qué es lo que busca, señor,
que tengo mucho que her.
SOLDADO 1   Al profeta del Carmelo.
CORIOLÍN   ¿Poeta de caramelo?
¡Qué dulce debe de ser!
¿Por qué le cheren tan mal?
Si es de miel, no le castigue.
SOLDADO 2   Porque al dios Baal persigue.
CORIOLÍN   ¿Que persigue al dios Varal?
Terrible pecado ha hecho.
SOLDADO 2   Dinos dónde se escondió.
CORIOLÍN   En mi vida he vido yo
dios Varal; será derecho.
Mas si hemos de habrar de veras,
ni conozco ese Herbías,
ni por aquí en muchos días
he vido si no son fieras,
que a saberlo les prometo
que me holgara de ser rico.
LISARINA   Miente señor, que un borrico
le dieron por un secreto,
y el secreto debe ser
que al que ellos buscan esconda.
CORIOLÍN   ¿Pescudarlo ellos no bonda?
¿Dó le había de esconder?
SOLDADO 1   Traelde, que por su mal
el decírnoslo dilata.
LISARINA   Viuda ha de quedar la chata.
CORIOLÍN   Casaos vos con el Varal.

JEZABEL   Cuéntame lo que ha pasado.
JEHÚ   Después que tres años, seca,
     se quejaba por las bocas
     la tierra a Dios de sus grietas,
     buscando todos a Elías
     (como mandó vuestra Alteza)
     vino Abdías a encontrarle
     y mil misterios le cuenta,
     diciendo que resucita
     al infante de Sarepta,
     y en el hambre de su madre
     seis meses y más le aumenta
     el aceite con la harina;
     y que después en la sierra
     del Carmelo le alentaron
     los cuervos (serán quimeras)
     maestresalas, los manjares
     que, hurtándolos de tu mesa,
     le ministran; ¿qué no hará
     una vejez hechicera?
     Presentóse al Rey, en fin,
     y con osada soberbia
     dice ser aquel castigo
     porque al Dios de Moisén deja;
     pero que si pretende
     que fertilice la tierra
     el agua hasta aquí negada,
     junte todos los profetas
     de Baal, que si impetraren
     de su dios que el cielo llueva,
     él (como falso y perjuro)
     quiere perder la cabeza;
     pero que si no los oye
     ya a Elías su Dios alegra
     con el agua deseada,
     los otros la vida pierdan.

Trescientos y más se juntan
que la imagen reverencian
del dios de Sidón que adoras,
y una infinidad inmensa
de todo el reino y provincias;
y Elías con voz severa
sobre la cumbre de un monte
les dice de esta manera:
"Pueblo de Israel, ingrato
a Dios y a su ley suprema,
¿de qué sirve que, mudables,
sigáis doctrinas opuestas?
¿Para qué andáis claudicando
en dos partes, ya en las ciegas
imágenes del demonio,
ya en nuestra ley verdadera?
No malogréis vuestro culto;
si el Señor que está en mi lengua
es Dios, seguilde constantes,
si Baal, dalde obediencia.
Yo he quedado solamente
con vida entre los profetas
que al Dios eterno servían;
ochocientos y cincuenta
son los que al falso Baal
y a los dioses de las selvas
sirven, y da de comer
la impiedad de vuestra Reina.
Yo solo, pues, y ellos tantos,
hagamos todos la prueba
de cuál dios (el mío o el suyo)
es digno de reverencia.
Dennos a todos dos bueyes
y escojan los que blasfeman
de mí, de los dos el uno,
divídanle luego en piezas;
pónganle sobre un altar,
carguen sus aras de leña,
pero no la apliquen lumbre,
que yo de la suerte mesma

pondré el otro, hecho pedazos,
sobre otro altar, sin que tenga
fuego para el sacrificio
hasta que del Cielo venga.
Invoquen ellos sus dioses,
yo invocaré al que me alienta
y aquel que piadoso oyere
lo que sus siervos le ruegan
y el holocausto abrasare,
bajando desde su esfera
llamas que el altar consuman:
ése, Dios llamarse pueda."
"¡Proposición admirable!"
gritan todos. "¡Así sea!
el reino lo quiere ansí:
quien no lo cumpliere muera."
Los de Baal levantaron
un altar y en él aprestan
la leña y el sacrificio,
voces dan al cielo tiernas,
y para que más le obliguen,
rompen, señora, sus venas.
Pero en vano, porque sordo
Baal su favor les niega,
vencidos. Levanta Elías
(de las aras que por tierra
echaste, por ser el Dios
que Jerusalén respeta)
otro nuevo que edifica
con no más que doce piedras
(en fe de los tribus doce),
y alrededor dejó abierta
una zanja como cava;
pone el buey, pone la leña
y doce cántaros de agua
hace que sobre él se viertan;
luego en el suelo postrado,
la vista en el sol atenta,
presente el Rey y sus tribus,
dijo a Dios de esta manera:

"Dios de Abrahán, Dios de Isaac,
Dios de Jacob, haz hoy muestras
que eres el Dios de Israel
y yo siervo tuyo; sepan
que he cumplido tus mandatos.
¡Oyeme, piedad inmensa!
¡Oyeme, Dios poderoso!
porque Israel se convierta
y diga que Tú, Señor,
eres sólo Dios, y vuelva,
los ídolos despreciando,
reducido a tu obediencia."
Con lágrimas venerables
esto dijo, cuando apenas
diluvios de fuego bajan
que el sacrificio, la leña
y hasta las piedras consumen,
quedando la zanja seca
de la agua que, derramada,
dio a tal prodigio materia.
"¡Vive el Dios de Elías!" pronuncian
todos. "Los blasfemos mueran
con Baal, su engañador,
y quien por dios le confiesa!"
Degolló por mano suya
Elías a tus profetas
sobre el arroyo que llaman
del Cedrón, y luego llega
al Rey y que se recoja
le avisa, porque ya empiezan
inundaciones de nubes
a hacer con los campos treguas.
Llovió tanto que no pudo
hacer que no le cogiera
Acab el agua en el campo;
mojado, señora, llega
a descansar en tu vista.

De dentro con música

UNOS   ¡Viva Elías, que remedia
          la esterilidad pasada!
TODOS   ¡Viva, pues él nos sustenta!
JEZABEL   Vivirá si yo no vivo.
          ¡Por las deidades excelsas
          que adoro (a pesar del dios
          de ese rústico profeta),
          que he de lavarme las manos
          en las corrientes sangrientas
          del que mis dioses injuria
          y sus ministros desprecia!
          Yo le beberé la sangre.
          Yo pisaré su cabeza.
          ¡Loca estoy! No viva un hora
          quien reinando no se venga.

FIN DEL ACTO SEGUNDO

ACTO TERCERO

Sale ELÍAS con báculo, cansado

ELÍAS La vital respiración
me falta, rendido vengo.
Porque tengo
celo a vuestra adoración
¿es razón
que rigores,
de blasfemos pecadores
perseguido,
me den penas por regalos,
triunfando siempre los malos
y siempre el justo afligido?
¿Cómo, omnipotente Dios,
permite vuestro poder
que una mujer
ose competir con Vos?
De los dos,
Vos suprema
Majestad, ella blasfema;
su malicia
persiguiendo a la inocencia
y ¿basta vuestra clemencia
a templar vuestra justicia?
Otra vez en el desierto,
peregrinando horizontes,
por sus montes
muero vivo y peno muerto.
¡Ay, qué incierto
es el descanso
del mundo, céfiro manso,
pues me asombra
de una mujer el furor!
Recread Vos mi temor,
y déme este enebro sombra.

¿Vuestra providencia suma
querrá, acaso, el plato hacerme
con volverme
mis maestresalas de pluma?
No presuma
mi hambrienta necesidad
a la crueldad
de Jezabel
dar hoy venganza cruel;
pues profeta
soy vuestro, sepan, protervos,
que aquí me alimentan cuervos
y allá una viuda en Sarepta.
Mas permitidme que os pida
mercedes de más recreo,
yo deseo
salir ya de aquesta vida
perseguida;
me aflige. No soy mejor,
gran Señor,
que mis pasados;
si en las canas y cuidados
los imito,
desear morir con ellos
por gozarlos y por vellos,
no será, mi Dios, delito.
El cansancio y la tristeza
padrinos del sueño son;
mi aflicción
quiere aliviar mi flaqueza,
la cabeza
en este tronco reclino;
al fin vino,
si no propia,
la muerte en retrato y copia.
¡Bien llegada!

pues, al fin, en sus empeños
gozaré la muerte en sueños,
que es lo mismo que pintada.

*Recuéstase y duerme. Baja un ÁNGEL y déjale
a la cabecera un vaso de agua y una tortilla de pan, y vuela*

ÁNGEL   Despierta y come.
ELÍAS   ¿Qué es esto?
Quimeras mi sueño fragua;
pero un pan y un vaso de agua
a mi cabecera han puesto;
    reciente está, entre ceniza
parece que se coció,

Come

el Cielo le sazonó
pues sabroso le suaviza;
    comeré una parte dél
y guardaré lo demás.

Bebe

No gusté cosa jamás
como ésta, amarga es la miel
    con su sabor comparada:
el agua es néctar divino.
Dichoso fue mi camino,
venturosa mi jornada,
    restituyóme el aliento.
Otra vez me ha provocado
el sueño; dormid cuidado,
pues nos da el Cielo sustento.

Duérmese y de dentro dice el ÁNGEL

ÁNGEL   Despierta y come, que tienes
      mucho camino que andar.
ELÍAS   Bien puedo con tal manjar,
      ya mis males juzgo bienes.

Despierta, come y bebe

      Vuelvo a comer, su apetito
de nuevo me fortalece;
vuelvo a beber, ya parece,
desmayos, que resucito.
      Recobraos, pues, fuerzas mías,
que en virtud de este manjar
bien podremos caminar
cuarenta noches y días.
      Al monte Oreb siento yo,
mi Dios, que me encamináis;
Moisés, cuando ley le dais,
cara a cara en él os vio.
      Sinaí y Oreb, todo es uno;
el ánimo al temor venza.
Caminemos, que hoy comienza,
como el de Moisés, mi ayuno.

Vase. Salen ACAB y JEZABEL

ACAB   Déjame, esposa, fenecer la vida,
      pues, siendo Rey, cumplir no puedo un gusto.
      Un menosprecio ha sido mi homicida,
      un sentimiento mata al más robusto.
      ¡Que yo a Nabot visite, que le pida
      una mísera viña, y por ser justo
      no se la quite, y que Nabot se atreva
      negársela a su Rey, injuria es nueva!
      No es Rey, ni este blasón gozar merece,
      quien halla resistencia en su apetito.
      ¿Quién duda que Israel no me obedece,

pues cuando de un vasallo necesito,
rebelde mis deseos desvanece?
De lesa majestad fue su delito;
no la corona ya mis sienes ciña,
pues aun no tengo imperio en una viña.
    Reine Nabot, pues ya se me rebela,
quite la vida a Acab, pues me desama;
que pues ninguno mis agravios cela,
más estiman su gusto que mi fama.
No quiero más vivir; nadie se duela
de ver que (en vez del solio) en una cama,
sin comer, mis congojas multiplique
y a sola una pared las comunique.

JEZABEL   Por cierto que tus penas ocasionas
por pérdidas notables. Razón tienes,
injurias grandes son las que pregonas,
todo el mundo te priva de tus bienes.
¡Oh, qué bien que triunfaras de coronas
enemigas, honrándose en tus sienes,
si aun no como mujer, como una niña,
lloras por el juguete de una viña!
    No por eso te mueras; yo me atrevo
a que cumplas en breve con tu antojo.
Come y sosiega, que antes que de Febo
peine la aurora su cabello rojo,
en ti tendrá la viña señor nuevo,
Nabot castigo, fin, en fin, tu enojo.
Entrégame el anillo con que sellas
y fía de mi industria tus querellas.

Dásele

ACAB   No su heredad me altera, su desprecio.
    ¡Que un hombre...!
JEZABEL   ¡Basta, basta, no prosigas!
    Vete y déjame hacer.
ACAB   Púsela en precio...
JEZABEL   Vete ya y otra cosa no me digas.
ACAB   Más valor que yo tienes.

JEZABEL   Nabot necio:
      si mi amor desdeñoso desobligas
      y hoy no otorgas tu dicha a mis deseos,
      satisfarán venganzas tus empleos.

Sale Nabot

NABOT   Criselia me ha dado aviso
      que vuestra Alteza me llama.
JEZABEL   Nabot, si es fuego esa llama,
      deciros mis llamas quiso.
NABOT   No entiendo eso, gran señora.
JEZABEL   Siempre fue el encogimiento
      mendigo de entendimiento.
      Quien las palabras ignora,
         mal, Nabot, podrá entender
      el lenguaje de los ojos,
      donde sus gustos o enojos
      a quien los sabe leer
         escribe el alma.
NABOT   Remota
      esa ciencia está de mí.
JEZABEL   Créolo, que ya yo os vi
      en cosas de amar idiota;
         pero quiéroos yo enseñar
      a que enigmas acertéis
      para que sabio quedéis,
      si bien os ha de costar
         mucho el errar la lición.
NABOT   Explíquese vuestra Alteza.
JEZABEL   A no ser la rustiqueza
      vuestra tanta, en ocasión
         os puse yo cuando os vi,
      y vuestra dicha expliqué,
      que os obligara.

NABOT   No sé,
    señora.
JEZABEL   Esperadme aquí,
        que si la presencia real
        os tiene o necio o turbado,
        medio la industria me ha dado
        que os ha de estar bien o mal.

Vase

NABOT   ¿Qué es esto, fortuna mía?
        ¿Qué pretende esta mujer?
        Pero ¿qué ha de pretender
        quien es toda tiranía,
        quien a Dios tiene osadía
        de oponerse, quien reprueba
        la ley que a los Cielos lleva
        y vive (esperanza en Vos),
        atreviéndose a su Dios?
        ¿Qué mucho que al Rey se atreva?
            Pues fulmine contra mí
        tempestades Jezabel,
        que a Dios, al Rey, a Raquel
        fidelidad prometí.
        Ser traidor, no; morir, sí,
        pues cuando a furor se incite
        y la cabeza me quite,
        si nombre a matronas da
        castas la fama, en mí habrá
        un hombre que las imite.

Sale Criselia

CRISELIA   La Reina, Nabot, os manda
        primero que os ausentéis
        de esta sala, que estudiéis
        (pues el favor no os ablanda)
            vuestra dicha o vuestro daño,

aunque es nueva la doctrina.
Corred aquesa cortina
y dad lugar a su engaño.

NABOT   ¡Jeroglíficos confusos,
ya os descifra mi temor!
¡Enigmas torpes de amor,
no admito vuestros abusos!
    Dicha o daño me ofrecéis:
si la dicha ha de costarme
tan cara, que despeñarme
porque la elija queréis
    (puesto que en mi mal reparo),
si acabada de alcanzar
me pesa, no he de comprar
(Cielos) el pesar tan caro.
    Dicha que por mano vienes
de Jezabel, toda engaños,
no te admito. ¡Honrosos daños,
vuestros males traen mis bienes!
    Daño que al Cielo encamina
no es bien que daño se llame;
dicha que ha de hacerme infame,
no honor. Corro la cortina.

*Corre una cortina y sobre un bufete estarán tres
fuentes de plata y en ellas lo que aquí se va diciendo*

    Tres fuentes sobre una mesa
(en lo que ofrecen contrarias)
muestran con insignias varias
lo que cada cual profesa.
    En ésta está una corona
y envuelto en ella un cordel,
plato, en fin, de Jezabel
que dignidades pregona

porque en patíbulos paren.
Un rótulo dice ansí:

Lee

"La corona es para ti
como miedos se reparen."
     Libre está de estos combates
mi honor, hasta aquí felice.
Este sobre el cordel dice:

Lee

"Para que a tu Raquel mates."
     ¡Ay, Cielos! ¡Ay, prenda mía!
Si vive un alma en los dos,
dándoos yo la muerte a vos,
verdugo de mí sería.
     Sobre la fuente segunda
una espada y una toca
a confusión me provoca.
¿En qué este enigma se funda?
     Dice el mote de esta suerte,
que está en la espada a esta parte:

Lee

"Hierro para castigarte
y toca para quererte."
     Fácil se deja entender,
pues muestra desenfrenada
que es Reina y que tiene espada
y en la toca que es mujer;
     que si me arrojo a querella
me satisfará amorosa,
pero fiera y rigurosa
si mi desdén la atropella.

   ¿Hay tal desalumbramiento?
La torpeza ¿qué no hará?
Lleno el tercer plato está
de piedras y de sangriento
   licor; la letra me admira
y me causa confusión:

"No son piedras, rayos son,
mi desprecio te las tira."
   ¡Ay, Cielos! ¿A qué banquete
Jezabel me ha convidado,
que moriré apedreado
si no la amo me promete?
   ¡Piedras, en vuestra firmeza
quiere aprender mi constancia!
¡Fulmínelas la arrogancia
del poder y la torpeza!
   Por mi ley y mi Rey pierda
la vida Nabot, que es fiel;
que pues tira Jezabel
piedras a Dios, no está cuerda.
   Espada de su malicia,
dad al Juez Supremo cuenta,
pues, lasciva y torpe, afrenta
la espada de la justicia.
   Corona, si en su cabello
servistes de insignia real,
bajaos y seréis dogal
con que suspendáis su cuello.
   Cordel, servid de escarmiento
a los idólatras, vos,
mientras que a mi Rey y a Dios
confieso, al darme tormento
   (que a la muerte me apercibo),
no a su llama deshonesta;
y para dar la respuesta
la vil corona derribo,

<pre>
                 porque su interés desprecio
                 y como infame la piso.
JEZABEL   Llorarás tu poco aviso;   **De dentro**
                 apedrear nte por necio.
NABOT   Por necio no, por fiel sí.
                 No temo tus amenazas;
                 túmulo eterno me trazas,
                 éste sólo apetecí.
                      Laureles logro, leales,
                 que inmortalicen mis medras.
                 ¡Labra, tirana, las piedras
                 y junta los materiales,
                      que, desdeñando tus vicios
                 mientras la muerte me dan,
                 piedras preciosas serán
                 de inmortales edificios!
</pre>

Vase y cúbrese la mesa. Salen dos CIUDADANOS viejos,
leyendo el uno este papel

Los vasallos que sin averiguar secretos de su Príncipe
guardan sus órdenes, merecen que en su privanza se prefieran
a los demás: Nabot, jezraelita, vecino vuestro, y poderoso
en vuestra República, me tiene criminalmente ofendido;
buscad, pues, dos testigos que las dádivas cohechen, y
éstos afirmen que le oyeron blasfemar de su Dios y de su
Rey y, examinados, publicad general ayuno (como en Israel
se acostumbra cuando se espera algún castigo riguroso).
Llamad luego a Nabot a vuestro tribunal y presentados los
testigos, sin admitirle descargos, le condenad por público
blasfemo, sacándole al campo, donde muera (como la ley
dispone) apedreado, aplicando sus bienes todos a nuestro
fisco; que ejecutada con toda disimulación esta sentencia,
yo me daré por bien servido y vosotros quedaréis premiados.
De nuestro palacio real de Jezrael. **Yo el Rey.**

CIUDADANO 1   Esto el Rey, nuestro señor,
        manda.
CIUDADANO 2   ¿Quién creyera tal?
CIUDADANO 1   No vive más el leal
        de lo que quiere el traidor.
            De vos y de mí confía
        la ejecución de este insulto.
CIUDADANO 2   Para Dios no le hay oculto.
CIUDADANO 1   Sacrílega tiranía.
CIUDADANO 2   Nabot es en Jezrael,
        aunque el más rico, el más santo.
CIUDADANO 1   Y aun por saber que lo es tanto
        le persigue Jezabel.
            Pero ¿en qué os resolvéis vos?
CIUDADANO 2   Temo a dios, mas también temo
        a un Rey tirano y blasfemo.
CIUDADANO 1   En dando en temer a Dios
        será el Rey vuestro homicida,
        mandando que muerte os den.
CIUDADANO 2   ¡Ay, Cielos!
CIUDADANO 1   Nabot también
        le teme y pierde la vida;
            dad en vuestros riesgos corte.
CIUDADANO 2   ¿Y habrá para estos sucesos
        testigos falsos?
CIUDADANO 1   Pues ¿ésos
        pueden faltar en la Corte?
            Dos pide el Rey y otros dos
        tengo, que lo son a prueba.
CIUDADANO 2   Fuerza ha de ser que me atreva,
        primero que al Rey, a Dios:
            tirano uno, otro clemente.
CIUDADANO 1   Busquemos otro testigo,
        que habiendo tres yo me obligo
        a hacer el caso evidente.
CIUDADANO 2   ¡Con qué de temores lucho!
        ¡Oh Rey impío! ¡Oh vil mujer!
CIUDADANO 1   O morir o obedecer,
        porque un "Yo el Rey" puede mucho.

Vanse. Sale RAQUEL congojada

RAQUEL   No sosiego, no reposo,
no hay descanso para mí.
¿Qué tengo? ¿Son celos? Sí;
pero no, más riguroso
es mi mal. ¡Ay, caro esposo!
¡Y qué caro
me has de costar si reparo
en un sueño
que de mis potencias dueño,
tragedias representaba,
cuando en sangre te bañaba
una serpiente
que venenosa, inclemente,
en tus carnes se cebaba!

    Mas quien a sueños da fe
provoca a enojo a los Cielos.
Dormíme llena de celos,
sierpes en ellos soñé.
Jezabel el áspid fue
que, lasciva,
mientras de lealtad te priva,
Circe nueva,
en tus entrañas se ceba,
pues tu posesión la diste;
pero mal acierto hiciste,
pensamiento,
que Nabot la ama contento
y yo le vi muerto ¡ay, triste!

Asiéntase

    Sentar me quiero por ver
si sosiego de este modo.
¡Todo penas! ¡Ansias todo!
¡Todo llorar y temer!
Más es esto que querer,

más pesar
es esto que sospechar.
¡Ay, desvelos!
¡Ojalá, Nabot, sean celos!
que a trueco que no recibas
penas (que han soñado vivas
mis quimeras)
yo sufriré que otra quieras
en albricias de que vivas.
     Menos quietud asentada
tengo.

     ¡Ay, quinta! Quiera Dios
que no me venga por vos
más mal que no ser amada.
Ya vuestra vista me enfada;
más temores
tengo yo que tenéis flores.
Penas veo
seguirme si me paseo,
penas si me asiento apenas
entre rosas y azucenas.
¿Qué he de hacer?
Infierno debo de ser,
pues no hay en mí sino penas.

Dicen de dentro

CIUDADANO 1   A Nabot han condenado
     y le llevan a apedrear.
RAQUEL   ¿Qué escucho? ¡Ay, Cielo! ¡Ay, pesar!
     ¡Ay, desdichas! ¡Ay, cuidado!
CIUDADANO 2   Pues ¿por qué le han sentenciado?
CIUDADANO   Por blasfemo.
RAQUEL   ¿Por qué vivo? ¿Por qué temo
     el ir a morir con él?

CIUDADANO 1   Justo y fiel
          fue a Dios y al Rey.
CIUDADANO 2   Y aun por eso.
RAQUEL   ¡Qué bien dijo: ya es exceso
          ser leal!
          Perderé con muerte igual
          la vida, pues perdí el seso.

Vase. A la ventana de una torre JEZABEL y ACAB

JEZABEL   Goza ya la posesión,
          Rey, que tanto has deseado.
          Vuelve en ti, si desmayado
          te tuvo su privación.
             Ya murió Nabot; no impida
          tu gusto esa pena ingrata;
          comprado la has bien barata,
          pues sólo cuesta una vida.
ACAB   ¡Ay, esposa de mis ojos!
          ¿Es posible que murió
          quien mi agravio ocasionó?
JEZABEL   Ansí vengues mis enojos
          como yo los tuyos vengo.
          Por blasfemo apedreado
          y en su sangre revolcado,
          tu satisfacción prevengo.
             Mira bañadas las piedras
          desde aquí en su sangre vil.
ACAB   ¡Qué pecho tan varonil
          te dio el cielo! Cuantas medras
             me vienen son, cara esposa,
          por tu causa.
JEZABEL   Ve a tomar
          posesión a su pesar
          de su viña deleitosa.
             Recréate en su vergel,
          que cuando imposibles pidas,
          ya sabe, a costa de vidas,
          comprar vidas Jezabel.

Vanse. Sale RAQUEL, sueltos los cabellos y enlutada,
y deteniéndola ABDÍAS y JOSEPHO

RAQUEL   ¡Dejadme, idólatras torpes!
　　　¡Soltadme, aleves vecinos
　　　de la más impía ciudad
　　　que a bárbaros dio edificios!
　　　¡Sacrílegos envidiosos,
　　　de un Rey tirano ministros,
　　　de una blasfema vasallos,
　　　de una falsedad testigos,
　　　de un Abel Caínes fieros,
　　　de un cordero lobos impíos,
　　　de un justo perseguidores,
　　　de un inocente enemigos!
　　　¡Soltadme, o haréos pedazos!
　　　Ojos tengo basiliscos,
　　　víbora soy ponzoñosa,
　　　veneno son mis suspiros.
　　　¡Soltadme, o abrasaréos!

Suéltase

ABDÍAS   ¡Qué lástima!
JOSEPHO　　　　Compasivo,
　　　lloro suspenso.
ABDÍAS　　　　　Sosiega,
　　　señora, que son indignos
　　　de tu honor esos extremos.
RAQUEL   ¿Qué honor? Si lo fuera el mío
　　　¿no me le hubiera quitado
　　　ese Rey torpe y lascivo,
　　　esa Reina hambrienta de honras?
　　　Con ellos no hay honor limpio.
　　　¿Qué fama no han asolado?
　　　¿Qué opinión no han destruído?
　　　¿Qué castidad no profanan?

Honor aquí ya es delito,
virtud aquí ya es infamia,
vergüenza aquí ya es castigo.
ABDÍAS   Si al pie del alcázar real
das en estos campos gritos,
provocarás a los Reyes,
pues es forzoso el oírlos.
RAQUEL   Pues ¿qué es lo que yo pretendo?

A voces

¡Acab sangriento, vil hijo
de Amrí, que a su Rey traidor
le forzó a abrasarse vivo!
¡Adúltera Jezabel,
que al demonio sacrificios
ofreces, para que en ellos
licencia des a tus vicios!
La esposa soy de Nabot,
el que porque nunca quiso
consentir en tus torpezas
es de tu crueldad prodigio.
Mandad con él darme muerte,
acompañe un rigor mismo
dos almas, que en tiernos lazos
reciprocó un amor limpio.
¿Por qué, decid, le matastes,
cohechando falsos testigos?
Pues, cuando blasfemo fuera
(como afirman fementidos),
imitador de sus Reyes,
mereciera por seguiros
la sacrílega privanza
de vuestros favorecidos.
¿Qué más blasfemias, tiranos,
que las que habéis los dos dicho
a Dios? y no os apedrean,
siendo común el delito.
Díganlo tantos profetas

consagrados al martirio
por vosotros, cuya sangre
está dando al Cielo gritos.
Dígalo el gran Celador
de nuestra ley, perseguido
de vuestra impiedad tirana
por sierras, montes y riscos.
Díganlo tantos altares
arruinados, destruídos
por vosotros, que erigieron
a Dios los padres antiguos.
¡Blasfemos, en fin, reinando
vosotros y el dueño mío
muerto! ¿En vasallos y Reyes
serán acaso distintos
los insultos generales,
siendo en sustancia los mismos?
¿Por qué si afectáis rigores
no os ofende lo que os digo?
¿Por qué no hacéis apedrearme?
Cantos hay en este sitio
que en la sangre de mi esposo
se han bañado. Si os irrito,
mandad que mezclen con ella
la que a Nabot sacrifico.
Báñense unas mismas piedras
en la esposa y el marido;
serán tálamo de sangre
las que su túmulo han sido.
Pero ¿para qué doy voces?
pues, tan crueles os miro
que, por más atormentarme,
negáis la muerte que os pido.
¡Ansias! mostradme el teatro
de mis tragedias!
ABDÍAS   Dos ríos
son, de lágrimas, mis ojos.
JOSEPHO   En sentimientos la imito.

Vanse. Descúbrese tendido en el suelo NABOT, muerto,

RAQUEL   ¡Ay, dueño de mi esperanza,
          regalo de mis sentidos,
          consuelo de mis congojas,
          de mis tormentos alivio!
          celosa lloraba yo
          engaños y desatinos.
          ¡Qué caras satisfacciones
          a costa de entrambos miro!
          ¡Mi Abel, mi justo, mi santo!
          ¡Pisad climas más benignos,
          pues colocado entre estrellas,
          mártir os honra el Olimpo!
          Altar de piedra, estas piedras,
          rubíes y granates finos,
          al simulacro del cuerpo
          holocaustos os dedico.
          Más valen que los diamantes,
          crisólitos y jacintos;
          diadema os labran mejores
          que esmeraldas y zafiros.
          Por reliquias las venero,
          por sagradas las estimo;
          las beso por sangre vuestra,

                    Bésalas

          por mis joyas las recibo.
          ¡Plegue a Dios, tigres de Hircania,
          Acab, del Cielo maldito,
          idólatra Jezabel,
          oprobrio en Samaria y Tiro,
          que no quede de vosotros
          memoria al futuro siglo,
          vasallo que no os desprecie,
          rigor que no os dé castigo!

¡Quíteos la vida y el reino
el más confidente amigo,
destruyendo en vuestra sangre
desde el decrépito al niño!
Si el Rey marchare a la guerra,
flecha de acero prolijo
le atreviese las entrañas,
de tanta blasfemia asido.
Si Jezabel enviudare,
despedácenla a sus hijos,
sin permitirla llorarlos,
quien blasonaba servirlos.
Ese alcázar desde donde
morir mi inocente ha visto
(cuando más entronizada)
la sirva de precipicio.
Desde el más alto homenaje
mida el aire hasta este sitio,
y antes que le ocupe, muera,
oprobrio a grandes y a chicos.
Lebreles la despedacen,
arrastrándola los mismos,
cuarto a cuarto por los campos,
miembro a miembro por los riscos.
No dejen reliquias de ella
de carne, hueso o vestidos,
sino la cabeza sola,
para acuerdo de delitos.
¡Cielos píos!
¡Justicia en tanto mal, justicia pido!
¡Vengad, piadosos Cielos,
mi esposo, mis agravios y los vuestros!

Sale ABDÍAS

ABDÍAS   Enjugad, señora, el llanto,
que si es la venganza alivio
con que descansan ofensas,
por mandado de Dios vino

el profeta del Carmelo
y de su parte le dijo
(cuando iba el Rey a tomar
la posesión presumido
de la viña de Nabot)
que con los mesmos castigos
morirán él y la Reina,
que al Cielo le habéis pedido.
Llevad a enterrar el cuerpo;
será, muerto, ejemplo vivo
del mal que a los reinos viene
por una mujer regidos.

*Vanse y encúbrese el cuerpo. Salen ZABULÓN y
DORBÁN y LISARINA, pastores, y a lo soldado gracioso,
CORIOLÍN*

CORIOLÍN   ¿Cuidáis vosotros que es barro
        ser sueldado?
ZABULÓN   ¿Que el lugar
        dejas solo y sin llorar?
CORIOLÍN   Tengo el alma de guijarro.
        ¿La sierra no me quintó?
        ¿No vo por ella a la guerra?
        Pues llore por mí la sierra,
        que no pienso llorar yo;
        aqueste oficio me cuadra.
LISARINA   ¿No mos verás más de vero?
CORIOLÍN   No, hasta ser Emperadero
        o si no, cabo de escuadra.
LISARINA   ¿Cabo de qué?
DORBÁN   De cochillo.
CORIOLÍN   Eso mesmo pescudó
        una vieja que alojó
        en casa a un medio caudillo.
        Estaba una compañía
        en la su aldea hendo gente
        (y aun hurtos) y ella inocente,
        de manera le servía

que decentó una tinaja
de un tinto, que con pies rojos
diz que saltaba a los ojos.
Era tahur de ventaja
    en esto de alzar de codo
el tal cabo, su alojado,
y del tinto enamorado
le requebraba de modo
    que en el alma le metía;
pero, porque no se hallaba
bebiendo solo, brindaba
a toda la compañía.
    Llevábalos a su casa
dos a dos y tres a tres;
estuvioren allí un mes,
andaba el brindis sin tasa.
    Sospiraba cada instante
la vieja el daño presente,
viendo la sed en creciente
y la tinaja en menguante.
    Mas ¿qué mucho que el sentido
perdiese, si aquel licor
suplía con su calor
las faltas de su marido?
    Huese el huésped importuno,
tocando a marchar la caja,
que el espirar la tinaja
y ellos irse hue todo uno.
    "¡Vaya con la maldición!"
la viuda pobre decía.
"¡Guai de vos, tinaja mía,
agotada hasta el hondón!
    Sin vos ¿qué ha de ser de mí?
¿Quién habrá que me mantenga?
¡Que mala pascua le venga
a quien vos ha puesto así!"
    "Tratad al soldado bien,"
dijo uno muy presumido,
"que el huésped que habéis tenido
es cabo de escuadra." "¿Quién?"

                    "Quien sirve al Rey y trabaja
              y es cabo de escuadra." "Igual,"
              respondió, "dirá ese tal
              que es cabo de mi tinaja."
                    Y porque no es para más,
              adiós, que me vo a romper.
LISARINA   Pues, ven acá. ¿Sabrás ser
              suelgado tú?
CORIOLÍN   Buena estás;
                    yo sé tocar las baquetas,
              comerme un horno de bollos,
              hurtar gallinas y pollos,
              vender un par de boletas,
                    echar catorce reniegos,
              arrojar treinta '¡por vidas!',
              acoger hembras perdidas,
              sacar barato en los juegos,
                    y en batallas y rebatos
              cuando se toman conmigo,
              sé enseñarle al enemigo
              las suelas de mis zapatos.
ZABULÓN   Eso es ser gallina, en suma.
CORIOLÍN   Decís, Zabulón, lo vero.
                    ¿Por qué pensáis que el sombrero
              llena el suelgado de pruma
                    si, porque huyendo después
              que la batalla se empieza,
              volando con la cabeza
              corre mijor con los pies?
                    Esta es de gallo, y trabajo
              por darla aquí en somo estima,
              que como el gallo va encima
              y la gallina debajo,
                    soy gallina en esta empresa,
              que sabré cacarear
              porque al comer y al cenar
              haya gallina en mi mesa.
LISARINA   Dios te vuelva a nuestros ojos.
LOS DOS   ¡Coriolín, adiós!
CORIOLÍN   Adiós.

LISARINA   Acordaos de mí.
CORIOLÍN   ¿De vos?
      Dejadme agarrar despojos,
         que yo os llenaré el corral
      de las gallinas que hurtare,
      y si en la guerra finare...

LISARINA   ¿Lloras?
CORIOLÍN   Y cuemo en señal
         de que mi alma se condena;
      antes del amanecer
      prometo de iros a ver
      en fegura de alma en pena.
LISARINA   No, Coriolín, eso no;
      yo os perdono la vesita.
CORIOLÍN   Quiéroos yo, que sois bonita;
      de allá os pienso llevar yo
         dos diablitos como un oro,
      que vos barran, que vos rieguen,
      que vos guisen, que vos frieguen.
LISARINA   ¡Tirte ahuera!
CORIOLÍN   ¡Ay, cómo lloro!
         ¿Pensáis que la guerra es paja?
      Embracijadme, y adiós.
LISARINA   ¿Qué os me vais el zagal,vos?
CORIOLÍN   A ser cabo de tinaja.

      Vanse. Salen dos SOLDADOS tras un profeta que huye.
      Salen también JEHÍ con bastón

SOLDADO 1   ¡Corred tras él, tenelde, que pues huye,
      algún delito ha hecho!
SOLDADO 2   Al viento excede.
SOLDADO 1 ¡Que nunca aquesta seta el Rey destruye!
         ¿Cuándo podré yo ver que el Reino quede
      libre de estos hipócritas taimados
      que el mal nos profetizan que sucede?

Traelde preso.
JEHÚ   Sosegad, soldados;
    dejalde, que es de Dios justo profeta
    y fiel ejecutor de sus mandados.
SOLDADO 2   Si tú acreditas esta mala seta,
    príncipe del ejército y segundo
    después del Rey ¿qué mucho se prometa
        engañar, no a Israel, a todo el mundo?
JEHÚ   No blasfeméis de Dios, que me provoco
    a enojo, cuando en El mis dichas fundo.
        Acab murió como lascivo y loco
    en la batalla cuando pretendía
    presidiar a Ramot (castigo poco
        a su bárbara y ciega idolatría);
    una flecha desmanda el Cielo airado
    que le pasó el pulmón ¡dichosa día!
        los perros en su sangre se han cebado:
    venganza es de Nabot. Reinó su hijo,
    Ocozías, como él desatinado;
        murió como el profeta lo predijo,
    precipitado de unos corredores
    después de la pensión de un mal prolijo.
        En carroza de eternos resplandores
    arrebató una nube al del Carmelo,
    Elías, luz de santos celadores.
        Reina Jorán agora, cuyo celo
    idólatra, a su padre semejante
    y hermano de su vicio, es paralelo;
        Dios intenta asolar este arrogante.
    A Dios por justo y por Señor invoco:
    nadie blasfeme de El de aquí adelante.
SOLDADO 1   ¿Qué te quería a solas este loco?
JEHÚ   ¿Conocístele acaso? ¨Habéis sabido
    lo que me dijo?
SOLDADO 1   Importaráte poco.
SOLDADO 2   Mentiras serán suyas. Mas ¿qué ha habido?
    Cuéntanoslo.
JEHÚ   Llamándome en secreto,
    cerró la puerta.
SOLDADO 1   ¡Qué desvanecido!

JEHÚ   Y llegándose a mí con real respeto,
una ampolla derrama en mi cabeza
de óleo sacro (milagroso efeto).
     "Eso dice el Señor de eterna alteza,
Dios de Israel," prosigue, "'Yo te elijo
por Rey del pueblo mío y su grandeza;
     severo destruirás (como predijo
el Tesbites) de Acab la torpe casa,
aunque fue tu señor y lo es su hijo.
     Yo vengaré por ti, pues que te abrasa
mi celo y ley, la sangre que vertida
de mis profetas hasta el Cielo pasa:
     la de mis siervos todos, cuya vida,
a manos de la impía y deshonesta
Jezabel, fue de tantos perseguida.
     Por ti he de hacer venganza manifiesta
de cuantos propagó la sangre suya
(si primero triunfante, ya funesta);
     no ha de dejar en pie la espada tuya
persona de su ingrata descendencia:
toda perezca, toda se destruya,
     desde la senectud a la inocencia,
desde el más retirado y recogido
hasta el que en vicios tiene más licencia:
     su nombre quedará en perpetuo olvido,
como el de Jeroboán y Basa, fieros,
cuya familia toda ha destruído.
     Jezabel, de profetas verdaderos
verdugo, por los campos arrastrada
de Jezrael, castigos más severos
     ha de pasar por tu furiosa espada:
perros su cuerpo comerán, hambrientos,
en nombre de Nabot despedazada.
     Cuantos la vieren estarán contentos,
mofando de su idólatra locura
y en gustos convirtiendo sus lamentos.
     Ninguno osará darla sepultura;
las entrañas de torpes animales
el tálamo serán de su locura.
     Goza, Jehú, de las insignias Reales.'"

Dijo y huyó. Soldados, pues, valientes,
ved si a Jorán o a Dios sois hoy leales.
    Cerco en persona puso con sus gentes
a esta ciudad; Ramot es su apellido,
sus muros escalamos eminentes.
    Retiróse a Samaria el Rey herido,
dejóme en su lugar mientras que sana.
Dios de Israel me llama Rey ungido:
    juzgad si esta esperanza saldrá vana,
o si es razón que el cetro real reciba
contra Jorán y Jezabel tirana.

Salen los que pudieren

SOLDADO 1   ¡Viva Jehú, soldados!
SOLDADO 2   ¡Jehú viva!
SOLDADO 1 Trono le hagamos todos de la ropa;
        desnúdome también de medio arriba.

Hácenle trono de sus ropas y con música le besan
la mano

JEHÚ   Pues Dios me elige, el viento llevo en popa.
SOLDADO 2 Las manos, por su Príncipe, te besa
        el Asia y Palestina. ¡Tiemble Europa!
SOLDADO 1   Deja, Rey, a Ramot, deja su empresa;
        el cuello de Jorán tu planta pise.
        Parte a Samaria, marcha, date priesa.
JEHÚ   Ese consejo proponeros quise:
        marche a Samaria el campo.
TODOS   Marche el campo.
JEHÚ   Ninguno salga de él, porque no avise
        al mísero Jorán.

Sale CORIOLÍN

CORIOLÍN   Con él me zampo,

¡que de esta vez soy cabo de tinajas!
JEHÚ   ¡Yo os vengaré, mi Dios! Marchen las cajas.

JEZABEL   Ya Jorán se ha levantado.
CRISELIA Peligrosa fue la herida,
        pero pues queda con vida
        y tu Alteza sin cuidado,
        albricias, señora, han dado
        reinas en tal ocasión.
JEZABEL   Pídelas, pues.
CRISELIA   De prisión
        a la viuda Raquel saca,
        que una buena nueva aplaca
        la más fiera indignación.
JEZABEL   ¿Qué dices, bárbara?
CRISELIA   Advierte...
JEZABEL   No prosigas, que estás necia;
        quien a sus reyes desprecia
        poco en su peligro advierte:
        apresurarás su muerte
        si eso vuelves a pedir.
CRISELIA   ¿Que más muerte que vivir
        sin dueño que tanto ha amado?
JEZABEL   Por eso no se la he dado.
        Pene y viva, que es morir.
           Albricias de poco fruto
        intentas, necia estás hoy.
        Cansada, Criselia, estoy
        de tanta viudez y luto.
        Tres años pagó tributo
        al llanto la pena mía;
        de sí mesma ser podría
        verdugo quien mucho llora.
        Festejemos (pues mejora
        mi hijo) su mejoría.
           Vuelvan a hacer mis cabellos
        con los del sol competencia;

que yo sé que en mi presencia
su luz se corrió de vellos.
Riguridad es tenellos
en prisión mientras que lloro;
esta tocas sin decoro
son cárcel que los maltrata;
no es bien que linos de plata
escondan madejas de oro.
    Acerca ese tocador.

Ponme sobre él ese espejo;
con su cristal me aconsejo,
que es sumiller del amor.
Ve, y el vestido mejor
me saca, mientras divido
los cabellos que he ofendido
y el Asia toda celebra;

ensartaré en cada hebra
perlas que al Oriente pido.
    Golfos de luz surcará
el marfil de aqueste peine,
porque en campos de oro reine
mientras sobre ellos está.
CRISELIA   El de verdemar será
    mejor, que adorna y alienta.
JEZABEL   Verdemar no me contenta,
    que esperanza puesta en mar
    o se tiene que anegar,
    o ha de padecer tormenta.
        Ya sabes que soy cruel:
    el pajizo y encarnado
    me pondré.
CRISELIA   Desesperado

y sangriento.
JEZABEL			Llore en él
		su amor difunto, Raquel.
CRISELIA   ¡Qué locura!
JEZABEL			No hay mudanza
		en su pena y mi venganza.
CRISELIA   Voy. (¡Qué bárbara! ¡Qué fiera!) **Aparte**

Vase CRISELIA

JEZABEL   Si verdemar me vistiera
		ya fuera darla esperanza.
			Tengamos, espejo, aviso,
		no demos segundo ejemplo,
		mientras en vos me contemplo,
		a locuras de Narciso.
		Murió, porque no me quiso,
		Nabot; justa fue mi queja:
		deje la vida quien deja
		de adorar ventura tanta.
		Alguno allá dentro canta
		que adulador me festeja.

Cante de dentro una mujer

[VOZ]		*"En la prisión de unos hierros*
		lloraba la tortolilla
		los mal logrados amores
		de su muerta compañía."

Peinándose JEZABEL

"Mal hubiera la crueldad
de la águila cuya envidia
dividió, si no dos almas,
los arrullos de dos vidas."

JEZABEL   Parece que de Nabot
          y Raquel la historia misma,
          quien dellos se compadece,
          me canta y alegoriza.
          Los dos las tórtolas fueron,
          yo el águila vengativa
          que, celosa de su amor,
          su tálamo tiraniza.
          "En la prisión de unos hierros
          lloraba la tortolilla."
          Cuando a Raquel tengo presa
          mi crueldad metaforizan.
          ¡Basta! que ya en versos anda
          su tragedia, pero digna
          es que escarmientos la canten
          si traidores la lastiman.
          Tiémbleme el mundo, eso quiero:
          venganzas me regocijan,
          riguridades me alegran,
          severidades me animan.

Tocándose

[VOZ]   *"Reciprocando requiebros*
          en el nido de una viña,
          fertilidad le promete
          de amor su cosecha opima.
          Nunca nacieran los celos
          que amores esterilizan,
          corazones desenlazan
          y esperanzas descaminan."

JEZABEL   ¿Qué hay que hablar? Su historia canta,
          amores, celos y viña;
          En su favor me condenan
          y en mi crueldad se averiguan.
          Pero si le amé en secreto
          ¿cómo mis celos publican
          versos que mi fama ofenden,

canción que la satiriza?
Raquel los habrá contado.
Raquel llorará este día
desatinos de su lengua,
efetos de sus desdichas.

[VOZ]   *"Perdió la tórtola amante,*
           a manos de la malicia,
           epitalamios consortes.
           ¡Ay de quien los desperdicia!
           Como era el águila Reina
           (mejor la llamara harpía),
           cuando ejecute crueldades
           ¿quién osara resistirla?"

JEZABEL   Ya pasa de desacato
          el que escucho; su osadía
          mi agravio y furia provoca,
          llamas añade a mis iras.

                    Levántase

          ¡Hola! ¿Quién es la que canta
          allá dentro? ¿Quién me indigna
          sin recelar mis rigores,
          sin respetar mi justicia?
          Mas mi autoridad ofendo,
          dándome por ententida.
          ¿Quién pudo enfrenar las lenguas
          del vulgo, ni reprimirlas?

                  Vuélvese a asentar

          Canten, llámenme cruel;
          que podrá ser que algún día
          las viles cabezas corte,
          por más que son de esta hidra.

[VOZ]   "¿Qué importan las amenazas
          de águila ejecutiva,
          si ya el león coronado
          venganzas contra ella intima?
          Humillará su soberbia,
          caerá el águila atrevida,
          siendo presa a los voraces
          lebreles que la dividan."

JEZABEL   ¿Qué león, cielos, es este
          que sangriento me derriba?

          Yo ¿presa de brutos fieros?
          Yo ¿en pedazos dividida?
          ¡Hola, vasallos, Criselia!
          ¡Ay, cielos!

CRISELIA   ¡Señora mía!
          ¿Qué sientes? ¨Por qué das voces?
          La color tienes perdida.
JEZABEL   Y con ella la paciencia.

          ¡Muerta soy! Aparta, quita
          ese espejo que me enseña
          a Nabot, lleno de heridas;
          un hombre armado amenaza
          con la desnuda cuchilla
          mi trágico fin.
CRISELIA   ¿Qué es esto?
JEZABEL   Su corte en mi cuello afila.
          ¿No lo ves?

CRISELIA   No, gran señora.
      Vuelve en ti.

JEZABEL   No desatina
      mi temor. Pero ¿qué es esto?

[VOCES]   ¡Viva Jehú!
TODOS   ¡Reine y viva!

ABDÍAS   Huye castigos, señora,
      del Cielo que pronostican
      trágico fin a tu casa.
      (Mas del Cielo ¿quién se libra?)
      Jehú se te ha rebelado,
      de Samaria está a la vista;
      Jorán le salió al encuentro,
      Jehú una flecha le tira
      que el corazón le traspasa,
      y vitorioso encamina
      el ejército y deseos
      a esta ciudad.
JEZABEL   ¡Ea, desdichas,
      acabad conmigo todas!
      Pero la industria me avisa
      remedios con que dilate,
      si no venturas, la vida.
      Fïada de mi belleza,
      haré al engaño que finja
      amor a Jehú tirano.
      Pondréme a un balcón festiva;
      mostraré que estoy gozosa

93/98

que, de Jorán homicida,
su diadema le corone
y el solio le dé su silla.
Prometeréle mi esposo,
y si la belleza hechiza
¿quién dudará que ha de escaparse?
¿quién dudará que me admita?
Dame, Criselia, esas joyas;
galas el cuerpo se vista
y el alma lutos secretos,
pues son sustancias distintas.

Vase

ABDÍAS   No sé yo que tus crueldades
          se prometan tantas dichas,
          que es vengador de inocentes
          Jehú.
CRISELIA   ¡Ay, mujer perdida!

Vanse. Salen soldados marchando, entre ellos CORIOLÍN
y JEHÚ, con bastón, detrás; y al mismo tiempo del
vestuario, con música, los más que pudieren y ABDÍAS;
detrás de todos RAQUEL, acompañada de CRISELIA, de viuda, y
sobre un balcón JEZABEL, muy bizarra. JEHÚ y los suyos
suben al tablado por un palenque; RAQUEL, que le recibe con los
demás, saca una corona de oro sobre una fuente de plata;
tócanse chirimías, cajas y clarines

RAQUEL   En nombre de Jezrael,
          ciudad tuya, patria mía,
          que por consolar mis penas
          generosa me autoriza,
          te ofrece (¡oh gran vengador
          de la Majestad divina,
          por Acab menospreciada,
          por Jezabel ofendida!)
          diadema que en paz poseas;

agora tus sienes ciña
y después por todo el orbe
los círculos del sol siga.

Corónale

Púrpura adorna a los reyes,
púrpura, señor, te vista
de sangre idólatra aleve,
que altares sagrados pisa.
Venga inocentes, Monarca,
profetas, huérfanos, viudas,
mozos que estraga el engaño,
viejos que el temor lastima.
Teatro este sitio fue
de la impiedad más lasciva,
la más bárbara tragedia,
la crueldad más inaudita
que el tiempo escribió en anales,
que puso horror a provincias,
que verdades afirmaron,
que fabularon mentiras.
Aquí mi Nabot fue muerto:
Nabot, cuya fama limpia
coronaba su inocencia,
celebraba su justicia.
Falsos testigos cohechó
contra él el oro y la envidia,
el poder y la soberbia,
la ambición y la malicia.
Una viña le dio muerte,
que quien reinos tiraniza
sangre vende de leales
por el precio de una viña.
Testigos de su inocencia
pueden ser (no lenguas vivas,
que éstas tal vez se apasionan)
las piedras sí, fidedignas.
Haz información con éstas;

la sangre en que se matizan
presento en tu tribunal,
testigos fueron de vista.

¡Venganza, Rey poderoso
antes que estas piedras mismas,
si agora testigos claman,
jueces después te persigan!
JEHÚ   Basta, Raquel. Cese el llanto,
alzad, consolad desdichas:
sesenta hijos Acab deja,
todos setenta en un día
satisfarán vuestro agravio.
Deudos, amigos, familias
de Acab y de Jezabel,
mueran.
RAQUEL   Y tú eterno vivas.
JEHÚ   En vuestra ciudad entremos,
pues su lealtad nos obliga.

Al entrar, dice JEZABEL desde el balcón

JEZABEL   Goce Jehú, mi señor,
con la corona israelita
la paz que todos desean,
juntando al laurel la oliva;
que si a su Rey dio la muerte,
al padre de Acab imita,
que a su Príncipe obligó
a resolverse en ceniza.
JEHÚ   ¿Quién es esta aduladora?
ABDÍAS   Esta es Jezabel maldita.
JEHÚ   ¡Derribalda de la torre!
CORIOLÍN ¡Soldados, subir arriba!
que para esto so valiente.

RAQUEL   ¡Ah, bárbara! Ansí castiga
              el justo Cielo tiranos,
              que si tarda, nunca olvida.

JEZABEL   ¿A vuestra Reina alevosos?
              ¡Favor, cielos!
CORIOLÍN   Eso, sí: pida
              favor al Cielo, que está
              muy bien con sus obras pías.
              ¡Vaya abajo la borracha!
JEZABEL   ¡Muerta soy!

CORIOLÍN   ¡Ha de allá! ¡Asilda!
              ¡No se os vaya, que tendrá,
              como gato, siete vidas!
SOLDADO 1 Perros salen a comerla.
CORIOLÍN Cada cual la descuartiza
              y, herederos de sus carnes,
              van haciendo la partija.
SOLDADO 1 Arrastrando se la llevan.
CORIOLÍN Al alma tened manzilla,
              que con ella juegan diabros,
              dizque a "salga la parida".
RAQUEL   Ya se acabaron mis penas,
              dulce esposo, prenda mía.
              Tu Raquel en tu venganza
              esta sangre te dedica.
JEHÚ   Alce Israel la cabeza,
              pues de Jezabel se libra,
              y escarmiente desde hoy más

quien reinare: no permita
que su mujer le gobierne,
pues destruye honras y vidas
la mujer que manda en casa,
como este ejemplo lo afirma.

FIN DE LA COMEDIA